KB132167

바깥은 여름

바깥은 여름

김애란 소설

문학동네

입동

자정 넘어 아내가 도배를 하자 했다.

—지금?

—응.

소파에서 주춤대다 "그래" 하고 일어났다. 아내가 뭔가 먼저 '하자'는 건 오랜만의 일이었다. 베란다로 가 수납장서 벽지를 꺼냈다. 얼마 전 동네 대형마트에서 산 '셀프 도배용 벽지'였다. 한 롤에 이만 몇천원. 폭은 내 어깨너비만한데 길이가 10미터를 넘어 손안에 전해지는 무게가 제법 묵직했다. 도배지를 든 채 설명서를 읽다 왠지 께름칙한 기분이 들어 곁눈질로 거실 불빛을 봤다. 그러곤 설명서에서 눈을 떼지 않은 채 큰 소리로 외쳤다.

—정말 지금 할 거지?

지난달 어머니가 잠시 집에 다녀갔다. 두 사람 다 경황이 없을 테니 당분간 살림을 맡아주겠다는 명분이었다. 짐을 푼 첫날부터 어머니는 집안 곳곳을 의욕적으로 쓸고 닦았다. 우편물을 정리하고, 먼지 낀 선풍기를 분해해 일일이 날개를 닦고, 시든 고무나무에 물을 줬다. 돼지고기와 메추리 알을 섞어 간장에 조리고, 멸치와 꽈리고추를 볶아 집안에 매운 내를 풍기고, 김을 굽고, 깻잎을 재우고, 냉동실을 정리했다. 아내는 그런 어머니의 모습을 종종 무기력한 눈빛으로 쳐다봤다. 나이 드신 양반의 악의 없는 참견과 잔소리도 묵묵 감내하는 듯했다. 아니 감내했다기보다 의식하지 못했다 할까, 안 했다 할까. 적당한 말을 몰라, 그냥 그게 말이니 싫어 저쪽에서 열심히 구사하는 몸짓을 아내는 수신하지 못했다. 그러기엔 좀 아팠다.

어머니가 우리집에 오고 열흘쯤 지나서였다. 한밤중 부엌에서 "펑!" 소리가 나 뛰어가 보니 어머니가 검붉은 액체를 뒤집어쓴 채 바닥에 주저앉아 있었다. 우연히 테러범 옆에 있다 살점과 핏물을 세례 받은 양 얼빠진 모습이었다. 어머니의 한 손에는 원통형 병 하나가 들려 있었다. 얼마 전 집 앞 어린이집에서 보내온 복분자액이었다. 도로 돌려보낼 생각에 손도 안 대고 방치해둔 걸, 갑자기 뚜껑을 연 바람에 내용물이 폭발하듯 솟구친 모양이었다. 검붉은 액체는 어머니의 흰 내의뿐 아니라 식탁과 장판, 밥통과 전기 주전자 위로 어지럽게 튀었다. 특히 식탁과 마주한 벽 상태가 심각했는데, 산뜻한 올리브색 벽지 가득 검붉은 얼룩이 낭자한 게 마치 누군가 이웃을 모욕하기 위해 일부러 갈겨놓은 낙서 같았다.

—아이고, 이거 다 아까워서 어쩐다니.

어머니가 당혹스러운 얼굴로 주위를 둘러봤다.

—아니, 나는 그냥 목이 말라서…… 니들이 통 안 먹길래……

나는 서둘러 어머니를 부축해 일으켜세웠다.

—괜찮아, 엄마? 어디 안 다쳤어?

어머니는 "내가 늙어서 주책이다" "이 사람들도 참 사람이 먹을 수 있는 걸 팔아야지, 이러면 어쩐다니" "병에 가스가 찼나보다"는 말을 반복했다. 그러곤 곧장 욕실로 가지 않고 키친타월을 둘둘 풀어 바닥부터 닦았다. 평소 같으면 걸레를 빨아 쓰면 되지 뭐하러 종이를 낭비하느냐 나무랐을 터였다.

—놔둬, 엄마. 내가 할게.

엉거주춤 허리를 숙이며 슬쩍 아내를 봤다. '그렇지, 여보? 우리가 하면 되지?' 넌지시 동의를 구한 거였다. 그런데 그때까지 내 옆에서 꼼짝 않던 아내가 몹시 나직하고 상스러운 투로 뜻밖의 말을 했다.

—아이 씨……

어머니가 바닥을 훔치다 말고 고개 들어 아내를 봤다. 잠시 정적이 흘렀다. 벽면에선 여전히 검붉고 끈끈한 액체가 세로로 긴 자국을 남기며 뚝뚝 흘러내리고 있었다. 아내는 어색해진 분위기 따위 아랑곳 않고 말을 이었다.

—이게 뭐야.

—미진아.

그만하라는 뜻으로 지그시 아내의 팔뚝을 잡았다. 그러자 아내는 화를 내는 건지 이해를 구하는 건지 알 수 없는 얼굴로 서글픈 비명을 질렀다.

—다 엉망이 돼버렸잖아.

우리가 이곳으로 이사 온 건 작년 봄이다. 분양면적 이십사 평, 실면적 십칠 평에 지은 지 이십 년 된 아파트였다. 요즘 같은 때 빚내서 집 사는 건 다들 미친 짓이라 했지만 경매로 싸게 나온 물건이어서 포기하기 쉽지 않았다. 많은 경우 매매가와 전세 보증금 차가 크지 않았고, 조건 맞는 전셋집을 구하기 어려웠을뿐더러 이사라면 지긋지긋하던 차였다. 오랜 고민 끝에 우리는 이 집을 사기로 했다. 집값의 반 이상을 대출로 끼고서였다. 몇십 년간 매달 갚아야 할 원금과 이자를 떠올리면 마음이 자주 무거워졌다. 그래도 남의 주머니가 아닌 내 공간에 붓는 돈이라 생각하면 억울함이 덜했다. 누군가 그 아파트 역시 당신 집이 아닌 커다란 남의 주머니일 따름이라 일러준다 해도 할 수 없었다. 아내는 앞으로 영우가 어린이집을 옮겨다니지 않아도 된다며 기뻐했다. 자긴 그게 제일 좋다고. 근처에 편의시설이 많은데다 서울보다 공기가 맑은 것도 마음에 든다 했다.

— 영우도 여기 좋아.

혼자 블록 놀이를 하거나 그림책을 보다 곧잘 어른들 대화에 끼어들던 영우가 그날도 말참견을 했다.

— 왜? 영우는 여기가 왜 좋은데?

그즈음 한창 놀랍고 엉뚱한 말을 쏟아내던 영우에게 아내가 기대 어린 투로 물었다. 부모로서 뭔가 해줬다 싶은지 답도 듣기 전에 뿌듯한 표정이었다. 영우는 여느 때처럼 입에 맑은 침을 문 채 선홍색 혀를 놀려 천진하게 대꾸했다.

— 응. 부릉부릉이 엄청 많아. 엄청 멋있어.

베란다 밖 8차선 도로에 길게 늘어선 출퇴근 차량을 보고 하는 말이었다.

한동안 집이 생겼다는 사실에 꽤 얼떨떨했다. 명의만 내 것일 뿐 여전히 내 집이 아닌데도 그랬다. 이십여 년간 셋방을 부유하다 이제 막 어딘가 가늘고 연한 뿌리를 내린 기분. 씨앗에서 갓 돋은 뿌리 한 올이 땅속 어둠을 뚫고 나갈 때 주위에 퍼지는 미열과 탄식이 내 몸안에 고스란히 전해지는 느낌이었다. 퇴근 후 샤워를 하고 침대에 누우면 이상한 자부와 불안이 한꺼번에 밀려왔다. 어딘가 어렵게 도착한 기분. 중심은 아니나 그렇다고 원 바깥으로 밀려난 건 아니라는 안도가 한숨처럼 피로인 양 몰려왔다. 그 피로 속에는 앞으로 닥칠 피로를 예상하는 피로, 피곤이 뭔지 아는 피곤도 겹쳐 있었다. 그래도 나쁜 생각은 되도록 안 하려 했다. 세상 모든 가장이 겪는 불안 중 그나마 나은 불안을 택한 거라 믿으려고 애썼다. 그리고 그건 얼마간 사실이었다. 적어도 내겐 뭔가 선택할 자유라도 있었으니까. 아파트 매매 계약서에 도장을 찍고 집에 와 티브이를 켰는데, 예능 프로그램에서 연예인들이 '신문지 게임'을 하고 있었다. 발 디딜 면이 점점 줄어드는 공간에서 최대한 많은 사람이 오래 버텨야 하는 게임이었다. 참가자들은 서로의 몸에 엉긴 채 용을 쓰며 우스꽝스러운 표정을 지었다. 그러다 몇몇은 결국 상대의 무게를 못 이겨 신문지 밖으로 넘어지며 탈락했다. 그땐 그냥 티브이 앞에 앉아 캔맥주를 마시며 낄낄댔는데, 요즘은 내가 그 게임 참가자가 된 기분이었다. '반의반' 또 '반의반의반' 크기로 접힌 종이 위에 외발로 선 채 가족을 안고 부들부들 떠는. 그렇지만 결국 살았다고 카메라를 보며 웃는. 대학 동기들은 내게 벌써 집 장만을 했냐며 부러움 섞인 축하를 건넸다. 그때마다 나는 "그래봤자 하우스 푸어"라고 겸연쩍게 변명했다. 한 녀석은 "나는 그냥 푸어인데 그래도 너는 하우스 푸어니 얼마나 좋냐"고 받아쳤다. 입주 후 양가 부모님과 친구들, 직장 동료를 초대해 몇 차례 집들이를 했다. 가까운 이들과 떠들썩하게 음식을 나누고 술잔을 기울였다. 그럴 땐 우리가 채무자란 사실이 비현실적으로 느껴졌다. 아파트 매매 계약서와 은행 대출 서류에 쓴 내 이름이 가명처럼 여겨졌다. 새벽에 요의를 느껴 화장실에 갈 때면 욕실 문 앞에서 불 꺼진 거실을 오랫동안 바라봤다. 그러곤 있어야 할 것은 모두 제자리에 있는지, 지켜야 할 것은 또 그대로 있는지 확인한 뒤 자리를 떴다.

아내는 집 꾸미는 데 반년 이상 공을 들였다. 이사 후 틈나는 대로 '좁은 집 셀프 인테리어'나 '가구 리폼' 'DIY' 정보를 살피며 실행에 옮겼다. 전부터 '정착'에 대한 욕구는 나보다 아내가 더 강했다. 아내는 대학 시절 내내 기숙사에 살았고, 졸업 후 한창 학습지 교사로 일할 땐 두꺼운 요 대신 은박 돗자리를 갖고 독서실을 전전했다. 남들은 고기 굽거나 소풍 갈 때나 펴는 걸, 휴대하기 좋고 버리기 쉽단 이유로 매일 깔고 잔 거였다. 아내는 9급 공무원 시험에 세 번 응시해 세 번 떨어졌고, 공무원이 되는 대신 노량진 공무원 입시학원에서 사무를 봤다. 결혼 후 난임 치료를 받다 두 번의 유산 끝에 영우를 가졌고, 다섯 번의 이사 끝에 집을 샀다. 모두 지난 십 년간 정신없이 벌어진 일들이었다. 아파트를 얻은 뒤 아내는 휴일마다 베란다에서 계속 무언가를 자르고, 칠하고, 조립했다. 우리가 십 년 가까이 쓴 침대와 의자, 식탁과 수납장을 '리폼'했다. 갈색 의자에 크림색 페인트를 입힌다든가 낡은 탁자에 감귤빛 페인트를 발라 분위기를 화사하게 바꾸는 식이었다. 아내는 영우가 톱이나 못, 망치 근처로 오지 못하게 베란다 문을 꼭 잠그고 일했다. 영우는 베란다 유리문에 코를 박고 울거나 떼를 썼다. 그럴 땐 내가 영우를 번쩍 안아 놀이터로 데려갔다. 이사 후 몇 달 동안 집에서 페인트와 접착제, 광택제 냄새가 가시지 않았다. '북유럽 스타일 가구' 또는 '스칸디나비아 패브릭'을 알아보다 가격에 낙담한 아내가 나름 택한 자구책이었다. 아내에게는 정착의 사실뿐 아니라 실감이 필요한 듯했다. 쓸모와 필요로만 이뤄진 공간은 이제 물렸다는 듯, 못생긴 물건들과 사는 건 지쳤다는 듯. 아내는 물건에서 기능을 뺀 나머지를, 삶에서 생활을 뺀 나머지를 갖고 싶어했다.

아내가 인테리어에 가장 정성을 쏟은 공간은 단연 거실과 부엌이었다. 아내는 인터넷 쇼핑몰에서 산 이 인용 소파를 거실에 들여놨다. 패브릭 소재에 충전재로 건설 폐목재와 마블 스펀지를 쓴 저가 소파였다. 나는 아내의 선택에 토를 달지 않았다. 어쩌다 아내가 의견을 물어오면 "나쁘지 않네" "괜찮네" 덤덤하게 대꾸했다. 나 역시 허름한 아파트가 아늑하게 바뀌는 게 싫지 않았고 아내의 밝은 기운을 쐬는 게 좋아서였다. 아내는 소파 옆에 잘생긴 고무나무 한 그루도 들여놨다. 영우가 더이상 화분 위 돌을 빨거나 잎을 뜯어먹지 않아 가능한 일이었다. 아내는 자신이 직접 만든 나무 선반에 'LOVE' 'HAPPINESS' 같은 영어 단어가 적힌, 정확한 용도를 알 수 없는 파스텔톤 깡통을 올려놨다. 한쪽 벽면에는 철사와 앙증맞은 나무집게를 이용해 빨래 널듯 가족사진을 전시했고, 그러고도 뭔가 허전했는지 나무 위에 새 세 마리가 앉은 '월 스티커'를 붙였다.

부엌과 마주한 작은방은 영우 방으로 꾸몄다. 영우가 처음 가져보는 자기 공간이었다. 평소 구석에 숨는 걸 좋아하는 영우를 위해 아내는 시장에서 직접 천을 끊어다 인디언 천막을 만들었다. 영우는 아기 때부터 어디든 잘 기어들어가 손가락으로 먼지를 집어먹고, 바닥에 떨어진 머리카락을 뚫어져라 쳐다보곤 했다. 아내는 영우 방 창문에 '로보카 폴리'가 그려진 롤스크린을 달고, 방문에 'ㄱㄴㄷ 한글 차트'를 붙였다. '기역'란에는 '강아지'가 '니은' 칸에는 '나비'가 나오는 식의 브로마이드였다. 그즈음 영우는 막 글자를 익히고 있었다. 하지만 공부에 영 소질이 없어서 그런지, 아직 어려서 그런지 글씨를 쓰라고 손에 연필이나 크레파스를 쥐여주면 여기저기 형체를 알 수 없는 곡선을 그리며 아내가 애써 청소해놓은 바닥을 더럽히곤 했다. 평소 언성 높이는 법이 별로 없는 아내는 자신이 힘들여 가꿔놓은 공간을 아이가 어지럽힐 때마다 소리를 질렀다. 어느 때는 좀 과하다 싶을 정도로 그랬다. 영우는 제 엄마의 간섭 따위 아랑곳 않고 날마다 온갖 사물에 침을 묻히고, 그림책을 찢고, 음악이 나오면 상체를 좌우로 흔들고, 식탁 아래 좁은 공간에 들어가 놀았다. 그리고 가끔은 원뿔형의 인디언 천막에 들어가 종알종알 싱그러운 헛소리를 하다 잠이 들었다. 누구와 싸워도 이길 수 없을 것 같은 얼굴로. 가만 들여다보고 있으면 가슴이 저릴 정도로 무고한 얼굴로 잤다. 신기한 건 그렇게 짧은 잠을 청하고도 눈뜨면 그사이 살이 오르고 인상이 변해 있다는 거였다. 아이들은 정말 크는 게 아까울 정도로 빨리 자랐다. 그리고 그런 걸 마주한 때라야 비로소 나는 계절이 하는 일과 시간이 맡은 몫을 알 수 있었다. 3월이 하는 일과 7월이 해낸 일을 알 수 있었다. 5월 또는 9월이라도 마찬가지였다.

처음 이 집을 보러 왔을 때 가장 인상적인 건 부엌 벽면이었다. 남루하고 어지러운 세간 사이로 유일하게 '아름다움'을 주장해, 그렇지만 안간힘을 쓰듯 화사해 눈에 띄었다. 벽면에는 이미 한참 전에 유행한 꽃무늬 벽지가 붙어 있었다. 탐스럽다못해 징그러운 붉은 튤립이 송이송이 무더기로 박힌 포인트 벽지였다. 흰색 바탕 위론 누런 얼룩과 파리똥인지 뭔지 정체를 알 수 없는 까만 점들이 튀어 있었다. 아내는 까다롭고 엄정한 얼굴로 부엌 벽면을 천천히 뜯어봤다. 그러곤 '내가 이 집 주인이라면 단순하고 산뜻한 벽지를 발랐을 거'라 속삭였다. 중요한 건 수납과 배치, 배색이라고. 인테리어에 대한 잘못된 이해가 바로 이런 거라며 사뭇 전문가 행세를 했다. 육아며 직장 일로 정작 자기는 미용실도 못 가면서 그랬다.

　―우리집도 정신없잖아.

아내가 눈을 둥그렇게 뜨고 항변했다.

　―우린 애가 있으니까 그렇지.

살림과 양육에 대해 내가 조금이라도 비난하는 기색을 보이면 아내는 무척 예민하게 굴었다.

　―이 집도 애가 있었나본데?

부엌 형광등 스위치에 붙은 라바 스티커를 가리키자 아내가 볼멘소리를 했다.

　―우리집은 여기보다 작잖아. 좁은 집은 아무리 정리해도 표가 안 난다고.

입주 전, 아내는 제일 먼저 그 벽부터 손봤다. 동네 인테리어 가게에 들러, 부엌과 거실 벽은 모두 흰색으로 하되 개수대와 마주한 면은 올리브색 종이를 발라달라 주문했다. 흰색 공간에서 올리브색 벽면은 단연 '포인트'가 됐다. 아내 말대로 눈맛도 시원하고 집이 넓어 보였다. 아내는 그 벽 아래에 사 인용 식탁을 놨다. 무광택 미색 다리에 엷은 감빛 상판을 얹은 따뜻한 느낌의 식탁이었다. 우리는 그걸 밥상 겸 찻상 그리고 책상으로 썼다. 아내는 식탁 한쪽에 전기 주전자를 비롯해 녹차와 허브차 티백, 종합비타민제,

견과류를 올려놨다. 투명 용기에 담은 원두와 보는 것만으로도 왠지 으쓱한 기분이 드는 커피 그라인더를 나란히 두는 일도 잊지 않았다. 우리는 그 사 인용 식탁에 둘러앉아 매일 밥을 먹었다. 드물게 손님이 오면 거실에 상을 폈지만 우리끼린 대개 식탁을 이용했다. 우리 부부는 등받이가 없는 벤치형 의자에, 영우는 유아용 접이식 식탁 의자에 앉아 숟가락을 들었다. 그리고 그렇게 사소하고 시시한 하루가 쌓여 계절이 되고, 계절이 쌓여 인생이 된다는 걸 배웠다. 욕실 유리컵에 꽂힌 세 개의 칫솔과 빨래 건조대에 널린 각기 다른 크기의 양말, 앙증맞은 유아용 변기 커버를 보며 그렇게 평범한 사물과 풍경이 기적이고 사건임을 알았다. 아내와 나는 식탁에서 영우를 먹이고, 혼내고, 어이없는 말대꾸에 그만 허탈하게 웃어버리고, 그 와중에 권위를 잃지 않으려 재빨리 엄한 표정을 짓곤 했다. 영우는 거기서 젓가락질을 배우고, 음식을 흘리고, 떼쓰고, 의자 아래로 기어들어가고, 울고, 종알종알 분홍 혀를 놀려 어여쁜 헛소리를 했다. 그러니까 거기 사 인용 식탁에서. 식탁과 맞붙은 산뜻한 올리브색 벽지 아래서. 집 앞 어린이집에서 보내온 복분자액은 바로 거기 튄 거였다.

아내와 나는 복분자액이 터진 날의 일을 따로 입에 올리지 않았다. 어머니는 다음날 바로 본가로 내려갔고 우리는 평소와 다름없는 나날을 보내려 애썼다. 그러니까 어제와 같은 하루, 아주 긴 하루, 아내 말대로라면 '다 엉망이 되어버린' 하루를. 가끔은 사람들이 '시간'이라 부르는 뭔가가 '빨리 감기' 한 필름마냥 스쳐가는 기분이 들었다. 풍경이, 계절이, 세상이 우리만 빼고 자전하는 듯한. 점점 그 폭을 좁혀 소용돌이를 만든 뒤 우리 가족을 삼키려는 것처럼 보였다. 꽃이 피고 바람이 부는 이유도, 눈이 녹고 새순이 돋는 까닭도 모두 그 때문인 것 같았다. 시간이 누군가를 일방적으로 편드는 듯했다.

지난봄, 우리는 영우를 잃었다. 영우는 후진하는 어린이집 차에 치여 그 자리서 숨졌다. 오십이 개월. 봄이랄까 여름이란 걸, 가을 또는 겨울이란 걸 다섯 번도 채 보지 못하고였다. 가끔은 열불이 날 만큼 말을 안 듣고 말썽을 피웠지만 딱 그 또래만큼 그랬던, 그런 건 어디서 배웠는지 제 부모를 안을 때 고사리 같은 손으로 토닥토닥 등을 두드려주던, 이제 다시는 안아볼 수도, 만져볼 수도 없는 아이였다. 무슨 수를 쓴들 두 번 다시 야단칠 수도, 먹일 수도, 재울 수도, 달랠 수도, 입맞출 수도 없는 아이였다. 화장터에서 영우를 보내며 아내는 '잘 가'라 않고 '잘 자'라 했다. 다시 만날 수 있는 양 손으로 사진을 매만지며 그랬다.

어린이집 원장은 영업배상책임보험에 가입돼 있었다. 가해 차량 역시 자동차종합보험에 들어 우리는 보험회사를 통해 민사상

손해배상을 받았다. 많다거나 적다거나 하는 세상의 어떤 잣대나 단위로 잴 수 없는 대가가 지급됐고, 어린이집에서는 그걸로 일이 마무리됐다 여기는 듯했다. 운전사를 바꾸고 당시 현장에 있던 보육교사까지 잘랐는데 무얼 더 바라느냐 묻는 듯했다. 직접 그렇게 말하진 않았지만 우리를 대하는 표정이나 태도가 그랬다. 내가 보험회사 직원이란 근거로 동네에 차마 입에 담지 못할 소문이 돈 것도 그즈음이었다. 처음에는 듣고도 믿을 수 없어 온몸이 바들바들 떨렸다. 끔찍한 건 몇몇 이들이 그 말을 정말로 믿는다는 거였다. 아내는 직장을 관두고 집안에 틀어박혀 아무것도 하지 않았다. 가능하다면 나도 모든 걸 그만두고 싶었다. 생활비 통장에선 매달 아파트 대출금과 높은 이자가 빠져나갔고, 아파트 관리비와 각종 공과금, 의료보험비와 휴대전화 요금도 만만치 않았다. 내 월급만으론 감당하기 어려운 액수였다. 그즈음 어린이집 차량 보험회사 직원으로부터 연락이 왔다. 그 사람은 차분한 말투로 나를 위로하고 공적인 어휘로 보험금 지급과정을 설명했다. 그러곤 조심스레 서류 한 장을 내밀었다. 거기 내 이름을 적는 칸과 계좌번호를 기입하는 난이 비어 있었다. 누가 설명해주지 않아도 이미 잘 알고 있는 양식이었다. 그리고 언젠가 나도 그와 같이 사무적인 얼굴로 누군가의 슬픔을 대면했을 터였다. 서류를 앞에 두고 한동안 아무 말도 못하다 밖으로 나와 담배를 연달아 세 대 피웠다. 잘못된 걸 바로잡고 고장난 데를 손보는 건 가장의 일이었다. 나는 그렇게 배우고 자랐다. 그런데 내가 거기 계좌번호를 적는 순간 이상하게 어린이집 원장을 용서하는 결과를 낳을 것 같은 기분이 들었다.

그뒤 시간이 어떻게 흘렀는지 모르겠다. 그저 떠오르는 건 어둠. 퇴근 후 딸각, 스위치를 켜면 부엌 한쪽에서 흐느끼던 아내의 얼굴과 다시 딸각, 불을 켰을 때 거실 구석에서 어깨를 들썩이던 아내의 윤곽뿐이다. 냉장실 안 하얗게 삭은 김치와 라면에 풀자마자 역한 냄새를 풍기며 흐트러지던 계란, 거실 바닥에 떨어진 갈색 고무나무 이파리 같은 것들뿐이다. 이따금 아내는 베란다 창문을 보며 동어반복을 했다.

—여보, 영우가 있는 곳 말이야, 여기보다 좋을 것 같아. 왜냐하면 거기에는 영우가 있으니까.

한번은 아내가 바퀴 달린 장바구니를 들고 나갔다 십 분 만에 돌아왔다. 무슨 일이냐고 묻자 아내는 사람들이 자길 본다고, 나는 안 그러냐고 했다. 그게 무슨 말이냐고 묻자 아내는 사람들이 자꾸 쳐다본다고, 아이 잃은 사람은 옷을 어떻게 입나, 자식 잃은 사람도 시식 코너에서 음식을 먹나, 무슨 반찬을 사고 어떤 흥정을 하나 훔쳐본다고 했다. 나는 그럴 리 없다고, 당신이 과민한 거라 설득했다. 그뒤 아내는 주로 온라인 매장에서 장을 봤다. 집밖을 나서는 일이 점차 줄고 베란다를 바라보는 시간이 늘었다. 나는 아내까지 잃게 될까 두려웠다.

　—여보, 우리 이사 갈까?

　딸각, 다시 스위치를 켰을 때 작은 인디언 천막 안에 웅크리고 있던 아내를 향해 물었다. 아내가 젖은 얼굴로 말없이 고개를 끄덕였다. 다음날 퇴근길에 동네 부동산에 들렀다. 아파트 시세는 지난해 우리가 집을 산 가격보다 이천만원 이상 떨어져 있었다. 부동산을 나와 집 앞 골목에서 담배를 연달아 두 대 피웠다. 결국 아파트 파는 걸 포기하고 아내에게 '집이 계속 안 나가는 모양'이라 둘러댔다. 물론 우리에겐 단 일원도 건드리지 않은 보험금 통장이 있었다. 하지만 그건 한푼도 써서는 안 되는 돈이었다. 한 번도 상의한 적 없지만 아내도 나도 암묵적으로 그렇게 약속하고 있었다.

　어린이집에서 보낸 소포가 현관 앞에 도착했을 때 아내와 나는 불길하고 신기한 물건 대하듯 상자를 살폈다. 대체 이게 무슨 뜻인가 감이 오지 않아서였다. 소포 겉면엔 '장수식품'이란 상호와 더불어 '국산 복분자 원액 백 퍼센트'라는 문구가 박혀 있었다. 상자 위 유리 테이프를 뜯어내자 안에서 작은 카드가 나왔다. 카드 안에는 '보내주신 성원에 감사드립니다. 풍성한 한가위 맞으세요. 햇님 어린이집'이라는 관습적인 문구가 적혀 있었다. 추석이라고 아이들이 조물조물 만든 송편을 예쁘게 포장해 들려 보낸 적은 있어도 이런 경우는 처음이었다. 우리는 직감적으로 그게 우리집에 잘못 배달됐다는 걸 알았다. 영우 일로 나빠진 평판을 그런 식으로나마 바꾸려 한 모양이었다. 신입 교사가 실수한 건지, 주소록을 갱신하지 않은 탓인지 알 수 없었다. 아내는 이 사람들 어쩌면 이렇게 무감할 수 있느냐며 화를 냈다. 게다가 여기가 어디라고. 알고 보냈으면 나쁘고, 모르고 부쳤으면 더 나쁜 거라고 흥분했다. 나는 소포를 돌려보낼 때까지 복분자액 상자를 눈에 띄지 않는 곳에 치워둬야겠다고 생각했다. 그게 두 달 전 일이었다.

부엌 벽면에 밴 물은 웬만해서 잘 빠지지 않았다. 젖은 행주로 닦고, 매직 블록으로 문지르고, 화장솜에 아세톤을 묻혀 조심스레 두드려도 소용없었다. 행주질을 여러 번 한 곳은 비교적 옅어졌지만 얼룩이 완전히 사라지는 일은 없었다. 오히려 흔적을 지우려 하면 할수록 우둘투둘 종이만 더 해졌다. 어찌됐든 도배를 새로 하는 수밖에 없었다.

어머니가 본가로 내려가고 얼마 뒤 아내와 대형마트에 갔다. 아내와 함께 장을 보러 나온 건 오랜만의 일이었다. 빈 카트의 손잡이를 손에 쥔 채 아내와 무빙워크에 올랐다. 형광등과 건전지, 공구 따위 파는 구역에 내려 여러 종류의 벽지가 쌓인 진열대 앞에 섰다. 선반 위로 일반 도배지와 셀프 도배지, 시트지와 한지가 단정하게 놓여 있었다. 그중 '풀 먹인 셀프 도배지'를 한 롤 들어 설명서를 읽었다. '물에 오 초만 담그면 끝' '도배가 쉽고 즐겁다' '도구가 필요 없다' '기존 벽지를 뜯을 필요가 없다'는 문구가 보였다. 왠지 읽기만 해도 자신감이 드는 게 벌써 도배를 마친 기분이었다.

　—이걸로 할까?

아내가 미간을 찌푸렸다.

　—아무 무늬 없는 거면 좋겠는데.

　—이만하면 깔끔하지 않나?

　—다른 건 없어?

　—이런 스타일은 싫잖아, 그렇지?

　—어.

　—그나마 이게 제일 단순한데. 무늬도 잘아 별로 티도 안 나고.

　—……

　—나중에 올까?

아내가 갑자기 내 시선을 피하며 안절부절못해했다.

　—그냥, 당신 마음에 드는 걸로 해.

벽지를 든 채 아내를 빤히 바라봤다. 지금껏 인테리어에 관한 한 혼자 모든 걸 결정해온 아내가 내게 판단을 넘기는 게 이상했다. 아내는 당장 자리를 뜨고 싶어하는 것처럼 보였다. 문득 불길한 기분이 들어 돌아보니 웬 젊은 여자가 한 손에 카트 손잡이를 쥔 채 벽지를 살피고 있었다. 카트 안에는 오십 개월쯤 돼 보이는 사내아이가 앉아 있었다. 아이의 축축하고 끈적끈적한 손엔 평소 영우가 즐겨 먹던 동물 모양 과자가 들려 있었다.

그뒤 아내는 우리가 언제 마트에 간 적 있느냐는 듯 도배 일을 싹 잊었다. 관심이 사라진 건지 의욕이 준 건지 알 수 없었다. 일찍 퇴근한 날이나 주말에 "오늘 도배나 할까?" 물으면 매번 "다음에" "나중에"라 답했다. 평소 개수대에 설거지 거리를 절대 쌓아두는 법이 없는 사람의 태도치곤 이상했다. 아내는 설거지를 다 마친 뒤라도 그릇의 물기가 완전히 마른 상태를 선호했다. 어떤 일이든 그렇게 '바로 시작할 수 있는 상태'가 좋다고, 그래야 뭐든 할 마음이 난다고 했다. 아내는 포도 한 송이를 씻을 때도 베이킹소다에 담갔다 수돗물로 여러 차례 헹궈냈다. 행주나 수건도 과산화수소인지 과탄산소다인지 모를 분말을 풀어 주기적으로 하얗게 삶아냈다. 그런 아내가 검붉은 액체로 사납게 물든 벽지를, 마른 핏자국마냥 점점 가뭇하게 변해가는 얼룩을 계속 방치해두고 있었다. '웬만한 건 나 혼자 할 수 있는데 도배는 당신이 도와줘야 한다' 설득해도 소용없었다. 그러다 어느 땐 나 역시 피곤하고 귀찮아 더 묻지 않았다. 그런데 오늘, 그러니까 토요일이라 자정 넘도록 거실에서 티브이를 본 내게, 까무룩 눈꺼풀이 내려와 이제 그만 잠자리에 들까 고민하던 내게 아내가 도배를 하자 한 거였다.

—미진아, 거기 좀 잡아줄래?

—여기?

—응.

아내가 줄자 끝을 바닥에 가만 눌렀다. 줄자 끝이 기역자로 구부러져 바닥에 딱 붙지 않는 탓에 잘못하면 중간에 튕겨나갈 수 있었다. 도배지 위에 무릎을 꿇고 앉아 2.3미터 부근에 연필로 작게 표시를 했다. 실제 치수보다 3센티미터쯤 여유를 두고서였다.

—이런 게 몇 장 필요해?

—세 장.

—그거면 돼?

—응. 충분해.

똑같은 크기의 벽지 세 장을 거실 바닥에 펼쳤다. 단정한 미색 바탕에 흰 꽃이 자잘하게 돋은 벽지였다. 아내는 내가 고른 도배지가 썩 맘에 들지 않는 눈치이지만 한편으론 아무래도 상관없다는 표정이었다. 먼저 올리브색 벽면 아래 놓인 사 인용 식탁을 번쩍 들어 아내와 거실로 옮겼다. 아내가 만든 보조 의자 겸 수납함 하나만 남겨두고 벤치형 의자와 유아용 의자도 한쪽으로 치웠다. 그러곤 아내와 서로 마주서서 도배지 양끝을 잡고 욕실로 향했다. 미지근한 물을 받은 욕조에 도배지를 담그고 풀이 붙길 기다렸다.

잠시 후 아내와 다시 도배지 끝을 잡고 한 발 한 발 조심스레 부엌으로 이동했다. 물 먹은 종이가 찢어지지 않게 유리 나르듯 힘 조절을 잘해야 했다. 말 그대로 '협동' 작업이었다. 세로로 길게 세운 벽지 양 모서리를 잡고 까치발을 하자 종이 끝이 천장 몰딩에 닿았다. 내 품 안쪽 빈 공간에서 종이 아랫단을 잡은 아내가 나를 올려다보며 말했다.

　―우리 신랑 키 크네.

　오랜만에 보는 미소였다. 하지만 조금 쓸쓸해 보이는 웃음이기도 했다. 도배지를 벽면에 반쯤 붙이자 아내가 재빨리 뒤로 빠지며 내가 움직일 수 있는 공간을 마련해줬다. 도배지 아랫단을 벽면에 밀착시키고, 싱크대 물기를 훔칠 때 쓰는 조그마한 유리닦이로 겉면을 쭉쭉 문질렀다. 도배용 솔이 없어 적당한 기구를 찾다 생각해낸 방법이었다. 유리닦이가 왕복운동을 할 때마다 물에 불은 풀이 부엌 바닥으로 후드득 떨어졌다. 사방에 풀냄새가 진동했다. 바닥엔 이미 신문지를 깔아둔 상태였다. 벽지를 꼼꼼하게 펴는 동안 아내는 물걸레로 바닥에 튄 풀을 부지런히 닦아냈다. 이윽고 도배지 한 장이 말끔하게 벽면을 채웠다. 아내와 잠시 뒤로 물러서서 정면을 바라봤다. 검붉은 얼룩이 지저분하게 번진 옆면에 비해 티 없이 깨끗한 공간을 보니 왠지 모를 자긍심이 들었다. 형광등을 갈거나 하수구를 뚫었을 때 느낀 감정과 비슷한 거였다.

　―간단하네. 금방 끝나겠는데?

개수대에서 풀 묻은 손을 대충 헹구고 아내와 두번째 도배지를 맞들었다. 이제부턴 첫번째 과정을 그대로 반복하면 될 터였다. 미지근한 물이 담긴 욕조에 도배지를 넣고 풀이 붙길 잠시 기다렸다. 그러자 자연스레 벌거벗은 영우의 작은 몸과 엉덩이에 난 푸르스름한 자국, 불룩 나온 배, 부드럽고 따뜻한 피부와 기분좋은 냄새가 떠올랐다. 아내도 나와 같은 생각을 하고 있는 게 분명했다. 우리는 아무 말도 하지 않았다.

　—부엌 창문 좀 열까?
　—응.
아내가 개수대 앞 작은 창을 열었다. 조그맣고 네모난 틀 안으로 힘센 바람이 회오리쳐 들어왔다. 아내가 몸을 웅크렸다.
　—바람이 차네.
　—문 닫을까?
　—아냐, 잠깐 열어두지 뭐. 냄새도 좀 빼고.
　—그럴까? 그럼 여기 아래 좀 잡아줘.
벽지에서 손을 떼지 않은 채 아내를 바라봤다. 그새 도배 순서와 요령을 익힌 아내가 자연스레 내 안쪽으로 들어와 벽지 아랫단을 잡았다. 서고 앉는 것만 다를 뿐 나와 같은 자세였다.
　—11월이네.
무덤덤한 아내 말이 새삼 시렸다.

―그러네.

―곧 겨울 이불 꺼내야겠다.

―어. 새벽에 좀 춥더라.

―있지.

―어.

―사계절이 있는 나라에 사는 건 돈이 많이 드는 일 같아.

―그렇지.

―여보.

―어.

―혼자 일하느라 힘들지?

―뭐 늘 하는 일인데.

―내가 밥도 잘 못 챙겨주고.

―자기나 잘 먹어.

―여보.

―어.

―우리 오늘 도배 끝나면 다음주에……

―……

―그 돈 헐자. 빚 갚아야지.

―……

하마터면 눈물을 쏟을 뻔했다 겨우 참았다. 도무지 방법이 없어 잠을 설치다, 혹 그 돈을 쓰자 하면 아내가 나를 괴물로 보지 않을까 뒤척인 날들이 떠올랐다.

—응? 그렇게 하자.

애써 호흡을 가다듬고 담담하게 답했다.

—그래.

유리닦이로 벽면을 꼼꼼히 문지르며 울룩불룩 벽지가 뜬 자리를 반듯이 폈다. 그러곤 속으로 '오늘은 아내가 일어나는 날이구나, 이제 막 일어서려는 참이구나……' 생각했다. 그러니 오늘은 내게도 영우에게도 중요한 날이라고. 벽지 든 두 팔에 새삼 힘이 실렸다. 유리닦이로 도배지를 훑으며 벽 중간쯤 내려오자 아내가 다시 내 등뒤로 빠지며 움직일 공간을 만들어줬다. 도배지가 얼추 자리를 잡자 아내가 물걸레와 마른걸레를 이용해 종이 위 풀을 닦아냈다.

—여기 이사 오고 참 좋았는데. 당신도 그랬어?

—어.

—우리가 살아본 데 중에 제일 좋았잖아. 그렇지?

그랬다. 잠이 안 올 정도로 좋았다. 어딘가 가까스로 도착한 느낌. 중심은 아니지만 그렇다고 원 바깥으로 튕겨진 것도 아니라는 거대한 안도가 밀려왔다. 우리 분수에 이 정도면 멀리 온 거라고. 욕심부리지 말고 감사하며 살자고 다짐한 게 엊그제 같은데. 영우가 떠난 뒤 갑자기 어마어마하게 조용해진 이 집에서 아내와 금방이라도 찢어질 것 같은 도배지를 들고 있자니 결국 그렇게 도착한 곳이 '여기였나?' 하는 의문이 들었다. 절벽처럼 가파른 이 벽 아래였나 하는. 우리가 이십 년간 셋방을 부유하다 힘들게 뿌리 내린 곳이, 비로소 정착했다고 안심한 곳이 허공이었구나 싶었다.

—여보, 저기 종이 운 거 같은데. 다시 해야 하는 거 아니야?

—어디?

—저기.

—괜찮아. 며칠 지나면 흡착될 거야.

—저기는? 삐뚤어진 거 같은데?

—어디?

벽면에서 몇 걸음 떨어져 도배지 무늬와 세로선을 살폈다.

—난 잘 모르겠는데?

—아니야. 이쪽으로 살짝 기울어졌어.

—어. 그러네.

두번째 도배지를 살짝 떼어 균형을 맞춘 뒤 제자리에 붙였다. 다행히 풀이 금방 마르지 않아 교정이 가능했다.

이제 세번째 벽지만 바르면 다 끝날 터였다. 아내와 하나 남은 셀프 도배지를 들고 욕실로 이동했다.

—한꺼번에 불린 뒤 한쪽에 개어놓을 걸 그랬다.

—풀 마를까봐 그랬지.

—잠깐만, 이것 좀 치우고.

아내가 벽에 붙은 수납함을 뒤로 빼냈다. 한쪽 면이 뻥 뚫린 사각 함이었다. 우리는 그걸 영우 식탁 의자 옆에 두고 보조 의자 겸 수납함으로 썼다. 식탁을 거실로 옮길 때 같이 치울까 하다, 도배 중 손이 닿지 않는 데가 있으면 사용하려 그대로 둔 거였다. 수납함을 들어올리자 바닥에 뽀얀 먼지가 네모나게 드러났다. 아내가 걸레에 물을 적시는 동안 나는 두번째 벽지 옆에 세번째 종이를 포갰다. 물걸레질하느라 들썩이는 아내의 작은 등이 보였다. 나는 아내가 얼른 먼지를 훔쳐내고 내 안쪽으로 들어와 도배지 밑단을 잡아주길 바랐다. 그런데 바쁘게 걸레질하던 아내가 갑자기 꼼짝하지 않았다.

—여보?

—……

—영우 엄마?

—……

—미진아, 왜 그래? 무슨 일 있어?

도배지 든 양손을 벽에서 떼지 못한 채 아내를 내려다봤다.

—여기……

—응?

—여기…… 영우가 뭐 써놨어……

—……뭐라고?

—영우가 자기 이름…… 써놨어.

아내가 떨리는 손으로 벽 아래를 가리켰다.

—근데 다…… 못 썼어……

아내의 어깨가 희미하게 떨렸다.

—아직 성하고……

—……

—이응하고……

—……

—이응하고, 아니 이응밖에 못 썼어……

아내가 끅끅 이상한 소리를 내다 결국 울음을 터뜨렸다. 나는 영우가 제 이름을 쓰는 걸 한 번도 보지 못했다. 이따금 방바닥이나 스케치북에 그림도 글씨도 아닌 무언가를 구불구불 그려넣는 건 알았다. 그런데 제대로 앉거나 기지도 못했던 아이가 어느 순간 훌쩍 자라 '김' 자랑 '이응'을 썼다니, 대견해 머리통이라도 쓰다듬어주고 싶었다. 영우의 새까만 머리카락은 또 얼마나 차지고 부드러웠는지. 한 번만, 단 한 번만이라도 영우를 다시 안아보고 싶었다. 그럴 수만 있다면 어떤 대가도 치를 수 있을 것 같았다. 부엌 창문 사이로 11월 바람이 사납게 들어왔다.

—기억나.

—뭐가.

—영우 눈.

—……

─불을 보던 우리 아이 눈.

─……

─내 생일에 당신이 케이크 사왔잖아. 여기 식탁에서 같이 초에 불붙이고. 그때 영우는 태어나서 촛불 처음 보는 거였는데. 불을 무슨 엄청 신기한 사물 보듯 응시했잖아? 그날 내가 두 돌도 안 된 영우한테 장난으로 "영우야, 오늘 엄마 생일인데 뭐해줄 거야?" 하고 물었어. 그랬더니 영우가 어떻게 했는지 알아? 그 말도 못하던 애가 잠시 고민하더니 갑자기 막 손뼉을 치더라고. 영우가 나한테 박수 쳐줬어. 태어났다고……

아내는 연주를 끝낸 뒤 수천 명의 기립 박수를 받은 피아니스트마냥 울었다. 사람들이 던진 꽃에 싸인 채. 꽃에 파묻힌 채. 처마 밑에서 비를 피하는 사람마냥 내가 붙들고 선 벽지 아래서 흐느꼈다. 미색 바탕에 이름을 알 수 없는 흰 꽃이 촘촘하게 박힌 종이를 이고서였다. 그러자 그 꽃이 마치 아내 머리 위에 함부로 던져진 조화弔花처럼 보였다. 누군가 살아 있는 사람에게 악의로 던져놓은 국화 같았다. 우리는 알고 있었다. 처음에는 탄식과 안타까움을 표한 이웃이 우리를 어떻게 대하기 시작했는지. 그들은 마치 거대한 불행에 감염되기라도 할 듯 우리를 피하고 수군거렸다. 그래서 흰 꽃이 무더기로 그려진 벽지 아래 쪼그려앉은 아내를 보고 있자니, 아내가 동네 사람들로부터 '꽃매'를 맞고 있는 것처럼 느껴졌다. 많은 이들이 '내가 이만큼 울어줬으니 너는 이제 그만 울라'며 줄기 긴 꽃으로 아내를 채찍질하는 것처럼 보였다.

　—다른 사람들은 몰라.

　나는 멍하니 아내 말을 따라 했다.

　—다른 사람들은 몰라.

　그러곤 내가 아내 말을 완벽하게 이해하고 있다는 걸 알았다. 아내가 물끄러미 나를 올려다봤다. 텅 빈 눈동자가 불 꺼진 형광등처럼 어두웠다. 아내는 한 손으로 영우가 직접 쓴, 아니 쓰다 만 이름을 어루만졌다. 순간 어디선가 영우가 다다다다 뛰어와 두 팔로 내 다리를 감싸안을 것 같았다. '토닥토닥' 그런 건 어디서 배웠는지, 제 엄마 등을 말없이 두드려줄 것도 같았다. 하지만 그런 일은 일어나지 않았다. 앞으로도 절대 일어나지 않을 터였다. 그 단순한 사실이 가슴을 아프게 후벼팠다. 나는 결국 고개를 숙이고 말았다. 부엌 바닥으로 굵은 눈물방울이 툭 흘러내렸다. 하지만 그 순간조차 손에서 벽지를 놓을 수 없어, 그렇다고 놓지 않을 수도 없어 두 팔을 든 채 벌서듯 서 있었다. 물먹은 풀이 내 몸에서 나오는 고름처럼 아래로 후드득 떨어졌다. 한파가 오려면 아직 멀었는데 온몸이 후들후들 떨렸다. 두 팔이 바들바들 떨렸다.

노찬성과
에반

두 해 전 찬성은 아버지를 여의고 여름방학을 맞았다. 찬성의 아버지는 갓길에서 사고를 당했다. 찬성은 할머니로부터 아버지의 트럭이 전복돼 아버지와 함께 불탔다는 얘기를 들었다.

한동안 집에 낯선 사람이 오갔다. 찬성은 마룻바닥에 누워 플라스틱 경찰차를 만지는 척하며 어른들 대화를 엿들었다. 옆으로 고개를 틀 때마다 끼익— 끼익— 소리를 내는 선풍기가 '약관'이나 '고의' '증거' 같은 말을 나른하게 실어왔다. 집밖에선 매미가 울었다. 방문객 중 한 사람이 찬성의 아버지가 '우연히 돌아가신 게 아니'라 했다. 정확히 그런 식으로 말한 건 아니나 찬성은 그렇게 이해했다. 보험금은 한푼도 나오지 않았다.

길고 무더운 여름이었다.

찬성은 K시의 한 고속도로 휴게소 근처에 살았다. 이웃이라 해
봐야 산자락에 띄엄띄엄 박힌 농가 몇 채가 전부인 동네였다. 찬
성의 할머니는 휴게소 분식 코너에서 일했다. 급식이 끊기는 방학
마다 찬성은 휴게소에 들러 자주 끼니를 때웠다. 초등학생 걸음으
로 사십 분 걸려 도착한 곳에서 오 분 만에 그릇을 비우고 다시 집
으로 걸어갔다. 할머니는 찬성에게 식대 겸 용돈으로 매일 이천
원씩 줬다. 날이 궂거나 곧장 집에 가기 싫을 때 찬성은 등나무 그
늘 아래 벤치에 앉아 관광객 흉내를 냈다. 그러면 자기도 그곳에
들른 사람, 잠깐 쉬는 사람, 이제 막 먼 데서 돌아왔거나 떠날 사
람이 된 기분이 들었다. 그래서 어느 땐 거기 몇 시간씩 앉아 있곤
했다. 날은 후텁지근하고, 방학은 길고, 그해 여름은 왠지 모든 게
지겨웠으니까.

휴게소에서 월급을 받기 전, 찬성의 할머니는 졸음 쉼터에서 몇
년간 커피를 팔았다. 갓길을 확장한 형태의 주차 공간에 이동식
화장실과 녹슨 운동기구가 놓인 곳이었다. 연일 계속되는 폭우로
도로에 물안개가 일고, 황사가 눈을 가려도 할머니는 늘 같은 자
리에 앉아 손님을 기다렸다. 그 시절 찬성은 인생의 중요한 교훈

을 몇 가지 깨달았는데, 돈을 벌기 위해선 인내심이 필요하다는 것과 그 인내가 무언가를 꼭 보상해주진 않는다는 점이었다. 찬성은 그곳에서 새소리와 바람 소리, 자동차 배기가스와 어른들의 하품을 먹고 자랐다. 환한 대낮, 차 안에서 일제히 잠든 이들은 모두 피로에 학살당한 것처럼 보였다. 혹은 졸음 쉼터 자체가 자동차 묘지 같았다. 찬성이 떼를 쓰거나 큰 소리로 울면 할머니는 입술에 손을 대며 무섭게 다그쳤다. 당시 찬성이 맡은 가장 중요한 일은 잘 크는 것도 노는 것도 아닌, 어른들의 잠을 깨우지 않는 거였다.

저물녘, 지평선 너머 끝없이 펼쳐진 아스팔트 위로 붉은빛이 번지면 할머니는 스스로 하루 노고를 치하하듯 담배를 꺼내 물었다. 능숙한 폼으로 고개 숙여 담배에 불을 붙인 뒤 "주여, 저를 용서하소서……" 했다.

—할머니, 용서가 뭐야?

아이스박스 캐리어 옆에서 흙장난을 치던 찬성이 물었다.

—없던 일로 하자는 거야?

할머니는 대답 대신 볼우물이 깊게 패게 담배를 빨았다. 담배 연기가 질 나쁜 소문처럼 순식간에 폐 속을 장악해나가는 느낌을 만끽했다. 그 소문의 최초 유포자인 양 약간의 죄책감과 즐거움을 갖고서였다.

─아님, 잊어달라는 거야?

찬성이 채근하자 할머니는 강마른 손가락으로 담뱃재를 바닥에
톡톡 털며 무성의하게 대꾸했다.

─그냥 한번 봐달라는 거야.

저녁마다 두 사람은 마당 한쪽에 연결된 수도 앞에서 몸을 씻었
다. 손에 비누 거품을 충분히 내 목덜미와 귓바퀴, 콧구멍 속 매연
을 닦아냈다. 할머니는 기미 낀 얼굴에 로션을 찍어 바른 뒤 안방
에 두꺼운 요 두 채를 폈다. 그러곤 이불 위에 앉아 그날 번 돈을
세며, 아직 초등학교에도 들어가지 않은 찬성에게 물었다.

─너, 대학에는 안 갈 거지? 그렇지?

찬성이 이불 위에 누워 티브이 만화 주제가를 흥얼거리다 답
했다.

─그게 뭔데?

할머니는 찬성을 지그시 바라보다 "그러게 말이다" 하고 딴청
을 피웠다.

시골 밤은 길고 지루했다. 할머니는 전기세를 아낀다며 초저녁
부터 집의 모든 불을 끄고 잠자리에 들었다. 찬성은 할머니가 코
고는 소리를 들으며 눈꺼풀이 무거워질 때까지 천장을 바라봤다.
그러다 어느 땐 하도 심심해 어둠 속에서 혼자 작은 손을 고물거

려 무언가 만들어냈다. 엄지를 쭝긋 세운 뒤 나머지 손가락을 두 개씩 붙여 제 몸에서 개 한 마리를 불러냈다. 도베르만이나 셰퍼 드를 닮은 경비견이었다.

'이럴 때 나도 스마트폰 있으면 좋은데.'

찬성은 아버지가 휴대전화 손전등 기능을 이용해 천장에 빛을 쏜 걸 기억했다. 벽에 비친 개 그림자는 그 빛으로 만든 거였다. 찬성이 두 쌍의 손가락을 벌렸다 오므리며 개 짖는 시늉을 했다. 빛이 없어 자기 그림자를 갖지 못한 작은 개가 찬성의 손목 아래 서 자꾸 소리 없이 짖어댔다.

하루 또 하루가 갔다. 담장 밖 개구리 울음은 매미 소리로, 다시 귀뚜라미 소리로 바뀌었다. 할머니는 이따금 찬성 뺨에 볼을 비비 며 '우리 강아지'라 했다. 평소 스킨십에 인색한 할머니의 포옹이 어색하고 반가워 찬성은 애매하게 웃었다.

—우리 강아지, 얼른 자라라. 어서 커서 할머니한테 효도해야 지?

잠이 오지 않을 때 찬성은 어둠 속 빈 벽을 바라보며 자주 잡생 각에 빠졌다. 그럴 땐 종종 할머니가 일러준 '용서'라는 말이 떠올 랐다. 없던 일이 될 수 없고, 잊을 수도 없는 일은 나중에 어떻게 되나. 그런 건 모두 어디로 가나. 하나님은 어째서 할머니를 자꾸 봐주나. 둘이 친한가 하고. 한 해 또 한 해가 갔다. 할머니는 졸음 쉼터에서 휴게소로 일터를 옮겼고, 찬성 또한 훌쩍 자라 아무데서 나 울지 않는 소년이 됐다. 그렇지만, 그렇다 한들 아버지가 돌아 가셨을 때 울지 않을 도리가 없는 열 살이 됐다.

*

찬성이 그 개와 처음 만난 건 아버지를 여의고 한 달쯤 지나서 였다. 찬성은 할머니가 일하는 고속도로 휴게소에서 그 개를 봤 다. 개는 남자 화장실 옆 화단의 철제 울타리에 묶여 있었다. 여러 피가 섞여 정확히 어떤 종이라 말하기 어려운 작고 흰 개였다. 개 는 네발로 꼿꼿이 선 채 도로 끝 한 점을 뚫어져라 응시했다. 마치 그러면 자신에게 일어난 일을 이해할 수 있기나 한 듯. 철제 울타 리와 개 사이의 목줄이 끊어질 듯 팽팽했다. 찬성은 개를 슬쩍 한 번 쳐다본 뒤 그 앞을 무심히 지나쳤다. 그리고 할머니가 일하는 분식 코너로 점심을 먹으러 갔다.

같은 날 저녁, 찬성은 휴게소 안 패스트푸드가게에서 여름방학 특가 상품으로 나온 주니어세트를 먹었다. 하루에 두 번이나 휴게 소에 오는 일은 드문데, 찬성에게 갑자기 약 심부름을 시킨 할머 니가 미안해하며 사준 거였다. 찬성은 햄버거를 다 먹은 뒤 콜라가 담긴 종이컵을 들고 밖으로 나왔다. 그러곤 등나무 벤치로 가다 낮에 본 흰 개가 여전히 화단에 묶여 있는 걸 봤다. 개는 반나절 사이 꽤 풀이 죽어 있었다. 기품 어린 자세로 먼 곳을 보던 모습은 간데없고 시무룩한 얼굴로 귀와 꼬리를 늘어뜨린 채 엎드려 있었다. 검은 눈동자 안에는 주인을 향한 미움이나 원망보다 '내가 뭘 잘못한 걸까' 하는 질문과 자책이 담겨 있었다. 전에도 찬성은 그런 개를 본 적 있었다. 한밤중 갓길에 버려진 뒤 앞차를 향해 죽어라 달려가던 개들이었다.

'적어도 차에 치여 죽지는 말라고 여기 묶어놨나보다.'

찬성은 휴게소에 남겨진 개들이 어디로 가는지 알고 있었다. 운이 나쁠 경우 어떻게 되는지도. 안타깝긴 하지만 찬성은 그 개도 어른들의 손에 맡길 생각이었다.

'그전에,'

찬성이 혀를 내민 채 가쁜 숨을 몰아쉬는 흰 개를 내려다봤다.

'물이라도 좀 주자.'

찬성이 개에게서 시선을 떼지 않은 채 컵에 남은 콜라를 끝까지 쪽 빨아먹었다. 그러곤 플라스틱 뚜껑과 빨대를 휴지통에 버린 뒤 컵에 손을 집어넣었다.

—……?

흰 개가 물끄러미 찬성을 올려다봤다. 살짝 경계하는 눈치나 눈에 힘이 없었다. 찬성이 용기 내어 한 걸음 더 다가갔다. 흰 개가 찬성 주위를 빙그르르 돌며 찬성의 몸냄새를 맡았다. 그러곤 뭔가 결심한 듯 찬성의 손바닥에 코를 대고 킁킁대다 혀를 내밀어 얼음을 핥았다. 순간 물컹하고, 차갑고, 뜨뜻미지근하고, 간지럽고, 부드러운 뭔가가 찬성을 훑고 지나갔다. 난생처음 느껴보는 감각이었다. 찬성이 두 눈을 깜빡였다. 이윽고 개가 얼음을 날름 입에 넣더니 와삭와삭 씹었다. 와사삭— 와삭— 청량하게 얼음 부서지는 소리가 찬성 귀까지 다 들렸다. 찬성이 자기 손바닥을 가만 내려다봤다. 얼음은 사라지고 손에 옅은 물자국만 남아 있었다. 동시에 찬성의 내면에도 묘한 자국이 생겼는데 찬성은 그게 뭔지 몰랐다. 개가 희고 긴 속눈썹을 치켜올려 찬성을 바라봤다. 찬성이 서둘러 컵에 다시 손을 넣었다. 두 해 전 일이다.

*

—에반.

찬성은 그 개를 그렇게 불렀다.

—왜 그래, 에반. 어디 아파?

사람 나이로 치면 이미 칠순을 넘긴 노견에게 찬성은 형 노릇을 했다. 찬성은 어쩐지 에반이 자기보다 오래 산 동생, 살면서 이미 많은 걸 경험한 동생처럼 느껴졌다. 찬성이 처음 "에반" 하고 불렀을 때 에반은 딴 곳을 봤다. 당연했다. 그건 자기 이름이 아니었으니까. 찬성은 서운해 않고 에반을 어루만졌다. 에반에게 자기가 모르는 삶과 역사가 있다는 걸 인정하려 애썼다. 그래도 어느 땐 에반의 과거가 너무 궁금했다. 전에는 어떤 이름으로 불렸을까? 주인은 좋은 사람이었을까? 살면서 어디까지 가봤을까? 나보단 멀리 가봤겠지? 멋진 영화나 드라마에 나오는 것처럼 주인과 해변도 막 달리고 그랬을까? 그때를 기억할까? 그걸 안다는 건 좋은 걸까? 그렇다면 이젠 어디로 가고 싶을까?

할머니는 에반을 보자마자 성가셔했다. 개 한 마리 키우는 건 사람 한 명 기르는 일과 같은 공이 든다며 고개를 내저었다.

—하긴 사람을 키워봤어야 알지.

할머니가 살짝 혐오 어린 눈으로 에반을 바라봤다.

—게다가 엄청 늙었잖니?

—얘가 늙었어?

—그래, 저 이빨 봐라. 사람이건 짐승이건 털 빠지고 이 나가면 끝난 거야. 넌 그런 것도 모르면서 개를 키우겠다 하니?

찬성이 '그런가?' 하는 표정으로 에반 등을 쓰다듬었다. 짧고 뻣뻣한 게 정말 털에 윤기가 하나도 없었다.

—두말할 거 없고, 내일 도로 갖다놔.

찬성의 얼굴에 실망하는 빛이 스쳤다.

—안 그러면 안 돼?

할머니는 찬성과 눈도 마주치지 않고, 방바닥에 쌓인 개털을 유리 테이프로 찍어냈다.

—집에 개가 있으면 도둑이 안 들 거야, 할머니.

—시끄러. 내가 내 손자 밥도 잘 못 챙겨주는데. 이 나이에 개 수발을…… 어휴, 똥오줌은 또 어쩌고.

보드라운 뺨과 맑은 침을 가진 찬성과 달리 할머니는 늙는 게 뭔지 알고 있었다. 늙는다는 건 육체가 점점 액체화되는 걸 뜻했다. 탄력을 잃고 물컹해진 몸 밖으로 땀과 고름, 침과 눈물, 피가 연신 새어나오는 걸 의미했다. 할머니는 집에 늙은 개를 들여 그 과정을 나날이 실감하고 싶지 않았다.

—밥은 그냥 우리 먹고 남은 거 주면 되잖아, 응?

할머니가 방바닥에 유리 테이프를 험하게 찍으며 "이 시부랄 놈의 개털, 끝이 없네!" 구시렁거렸다. 할머니가 꿈쩍 않자 다급해진 찬성은 결국 어떤 말을 내뱉고 말았는데, 그 말을 하고 본인도 깜짝 놀랐다. 그러니까 에반을…… 자기가 '책임'지겠다 한 거였다. 태어나 처음 해본 말이었다.

그즈음 찬성은 자주 악몽에 시달렸다. 할머니가 찬성에게 '이제 너도 다 컸으니 혼자 자라'며 아버지가 쓰던 방을 내어주고부터였다. 찬성은 매번 비슷한 꿈을 꿨다. 소형 냉장 트럭이 자신에게 달려드는 꿈이었다. 트럭 안에는 털 뽑힌 식용 생닭이 가득 실려 있었다. 트럭은 캄캄한 도로를 질주하다 중앙선 위 찬성을 발견하고 급커브를 했다. 그러곤 곧 중심을 잃고 갓길 아래 낭떠러지로 고꾸라졌다. 절벽 아래서 폭발음과 함께 거대한 불길이 치솟았다. 찬성은 갓길 주변을 초조하게 서성였다. 저기, 아직 사람이 있는데. 내가 아는 사람 같은데. 주위에 모여든 구경꾼들은 '어디서 자꾸 맛있는 냄새가 난다'고 했다. 찬성이 어른들을 향해 '도와달라' 소리쳤다. 그러면 어디선가 할머니가 나타나 입술에 손을 대며 "쉿" 소리를 냈다. 다정한 목소리로 "울지 마라, 울지 마라, 아가" 하고 찬성을 다독였다.

　―네가 울면

　―……

　―손님들이 깨잖니.

　에반을 집에 들인 날 찬성은 오랜만에 어떤 꿈도 꾸지 않고 깊이 잤다. 찬성은 에반이 자길 지켜줬다고 생각했다. 언젠가 에반에게 무슨 일이 생기면 자기도 에반을 꼭 보호해줘야겠다고 다짐했다. 그뒤 찬성과 에반은 늘 같이 잤다. 찬성은 누군가와 꼭 껴안고 자는 기분이 어떤 건지 처음 알았다. 에반의 따뜻하고 작은 몸통이 들숨 날숨을 따라 순하게 오르내리는 것만 봐도 평화로운 기분이 들었다. 찬성은 에반의 말랑말랑한 발바닥을 조몰락거리며 자주 혼잣말을 했다.

―있잖아, 에반. 이것 봐라. 많이 모았지? 삼만원도 넘어. 어디에 쓸 거냐고? 으응, 나중에 커서 언젠가 이곳을 떠나게 되면 그때 나도 휴게소에 들러 커피나 한잔하려고.

에반은 자기 다리에 턱을 괴고 누워 눈꺼풀을 천천히 여닫다 먼저 잠들었다. 그래도 찬성의 수다는 밤새 이어졌다.

―너, 골육종이 뭔지 아니? 무슨 선인장 이름 같지? 그런 게 있대. 우리 아빠가 그 병에 걸리지 않았다면 나도 몰랐을 거야.

하루 또 하루가 갔다. 인간 시계로 이 년, 개들 시력時歷으로 십년이 흘렀다. 찬성과 에반은 어느새 서로 가장 의지하는 존재가 됐다. 비록 움직임이 굼뜨고 귀가 어두웠지만 에반은 여느 개처럼 공놀이와 산책을 좋아했다. 찬성이 보푸라기 인 테니스공을 멀리 던지면 에반은 찬성의 눈앞에서 사라졌다 반드시 공과 함께 다시 나타났다. 무언가 제자리에 도로 갖고 오는 건 에반이 잘하는 일 중 하나였다. 찬성은 때로 에반이 자기에게 물어다주는 게 공이 아닌 다른 것처럼 느껴졌다. 그리고 공인 동시에 공이 아닌 그 무언가가 자신을 변화시켰다는 걸 알았다.

그런데 에반이 요즘 좀 이상했다.

할머니는 밤 열시 넘어 집에 들어왔다. 한 손에 검은 비닐봉지를 들고서였다.

—전자레인지에 돌려 먹어.

찬성이 봉지 안을 들여다봤다. 은박지 사이로 설탕 입힌 통감자가 보였다. 찬성이 퇴근한 할머니 뒤를 졸졸 쫓았다.

—할머니, 에반이 좀 이상해.

—지금 안 먹을 거면 냉장고에 넣어두든가.

할머니가 평소 휴대품을 넣고 다니는 손가방을 안방 바닥에 던지듯 내려놓았다.

—할머니, 에반이 밥을 안 먹어.

—늙어서 그래, 늙어서.

—있지, 내가 공을 던져도 움직이지 않아. 걷다 자꾸 주저앉고.

—늙어서 그렇다니까.

할머니는 모든 게 성가신 듯 팔을 휘저었다. 그러곤 끄응 소리를 내며 바닥에 이부자리를 폈다.

—저거 봐, 저렇게 자기 다리를 자꾸 핥아. 하루종일 저래. 아까는 내가 다리를 만졌더니 갑자기 나를 물려고 했어.

할머니가 요 위에 누우려다 말고 상체를 들어 찬성을 봤다.

—아니, 진짜로 문 건 아니고 무는 시늉만 했어.

할머니가 눈을 감은 채 이마에 팔을 얹었다.

—할머니, 에반 데리고 병원 가봐야 되는 거 아닐까?

—쓸데없는 소리 말고 가서 자. 사방에 불 켜두지 말고.

할머니의 반팔 소매에 엷은 김칫국물이 묻어 있었다. 찬성이 할머니 옆에 앉지도 서지도 못한 채 주춤거렸다.

—할머니, 에반 병원 데려가야 할 것 같다고.

할머니가 버럭 소리를 질렀다.

—무슨 개를 병원에 데리고 가. 사람도 못 가는걸. 그러니까 내가 개새끼 도로 갖다놓으라 했어 안 했어? 할머니 화병 나기 전에 얼른 가서 자. 개장수한테 백구 팔아버리기 전에. 얼른!

—백구 아니야!

찬성이 전에 없이 큰 소리를 냈다.

—뭐?

그러곤 이내 말끝을 흐리며 소심하게 답했다.

—에반이야.

할머니가 한숨을 쉬며 찬성에게 얼른 나가라고 손짓했다. 찬성도 뭐라 더 말 못하고 제 방으로 돌아왔다. 찬성은 어두운 방안에 누워 천장을 바라봤다. 그러곤 한참 뒤 플라스틱 경찰차 속에 숨겨둔 삼만원을 꺼내 지갑에 넣었다.

*

—어디가 불편해서 왔니?

동물병원 의사가 물었다.

—에반이 아픈 것 같아서요.

—이 녀석 이름이 에반이니?

—네, 〈터닝메카드〉에 나오는 메카니멀 이름이에요.

—그래?

의사가 직업적인 미소를 지었다. 지방 신도시 아파트 상권에선
무엇보다 평판과 소문이 중요했다.

—네! 제가 제일 좋아하는 캐릭터예요. 에반은 원래 터닝카인
데 메카드를 향해 슈팅하면 메카니멀로 변해요.

의사는 찬성의 말을 거의 알아듣지 못했지만 차트를 보며 노련
하게 화제를 돌렸다.

—그리고 너는…… 노찬성이고?

—네? 네……

찬성이 기어들어가는 목소리로 대답했다. 성과 이름이 같이 불
릴 때 좋은 일이 일어난 경우는 거의 없었다. 교무실에서도 그렇
고, 아버지가 입원한 종합병원에서도 그랬다.

—그래서 결국 찬성한다는 거야, 반대한다는 거야?

찬성은 그런 얘기는 너무 자주 들은데다 이젠 정말 식상해 대답

하기 귀찮다는 듯 어깨를 들썩였다.

　—선생님 농담이 재미없다는 의견에는 찬성이에요.

　의사가 다시 마른 웃음을 지었다.

　—음…… 그런데 견주가 노찬성으로 되어 있네? 너 혼자 왔니? 부모님은?

　에반은 긴장한 티가 역력했다. 병원 특유의 소독약 냄새와 선득한 기운이 에반을 불편하게 만드는 것 같았다. 의사는 에반의 다리를 보자마자 살짝 놀라며 "어이쿠, 많이 아팠겠는데?"라고 했다. 이 정도면 다른 곳까지 종양이 퍼졌을 확률이 높다고.

　—종양이요?

　—그래, 암.

　—암이요? 개도 암에 걸려요?

　—그럼.

　찬성은 암이 뭔지 알고 있었다. 암과 관련된 냄새랄까 비명, 그리고 진이 빠진 얼굴을.

　—자세한 건 검사 결과를 봐야 알 테지만 상황이 안 좋은 건 사실이야.

　—검사요?

　—응. 피도 뽑고 사진도 찍고.

　—그게…… 다 하면 얼만데요?

―뭐 검사하기 나름인데. 제대로 하려면 돈이 많이 들 거야. 내일 부모님 모시고 다시 올래?

찬성이 바지 주머니 속 지갑을 표 안 나게 만지작거렸다.

―그럼 선생님 마음대로 어떤 검사는 하고 어느 건 안 할 수도 있는 거예요?

―뭐, 말하자면.

―그럼 저…… 삼만원, 아니 이만오천원어치만 검사해주세요.

집으로 가는 길, 찬성의 얼굴이 어두웠다. 버스 창문 밖으로 8월의 무자비한 초록이 태연하게 일렁이는 게 보였다. 햇빛도 바람도 그대로인데 갑자기 다른 세상에 온 기분이었다. 몇십 분 사이에 같은 풍경이 전혀 달라질 수 있다는 사실이 놀라웠다.

'아빠도 그랬을까?'

찬성이 고개 숙여 에반을 바라봤다. 에반은 찬성의 무릎에 앉아 미세한 버스 진동을 느끼며 꾸벅 졸고 있었다. 찬성은 의사에게 들은 얘기를 하나하나 되짚었다. '수술을 해도 좋고, 안 해도 좋다'는 게 무슨 뜻인지 곰곰 생각했다. 이럴 땐 자신이 무얼 하면 좋을지 알 수 없었다. 찬성이 문득 차고 축축한 기운을 느끼고 아래를 살폈다. 자신의 베이지색 반바지에 테니스공만한 고동색 얼룩이 보였다. 얼룩은 불완전한 모양의 원을 그리며 점점 크게 번졌다.

—왜 그래, 에반. 너 안 그랬잖아.

찬성이 에반 귀에 속삭였다. 에반을 나무라기보다 주위에 해명하는 말이었다. 여름이라 버스 안에 비릿한 지린내가 금방 퍼졌다. 조금만 참을까 하다 찬성은 목적지를 두 정거장이나 남겨두고 버스에서 내렸다. 찬성이 논둑길에 에반을 내려놓고 다정하게 말했다.

—에반, 조금만 걸어봐. 응?

에반은 땅바닥에 바싹 엎드린 채 꿈쩍하지 않았다. 찬성은 할 수 없이 에반을 가슴에 안고 어스름 땅거미 진 논둑길을 걸었다. 삼복더위에 개를 안고 걷다보니 몇 분 만에 티셔츠가 흠뻑 젖었다.

—다 왔어, 조금만 참아.

병원에서 에반의 청력이 약해졌다는 얘기를 들은 터라 평소보다 목청을 돋웠다. 여기저기 머리를 잘 부딪친다니 시력도 분명 나빠졌을 거라 했다. 문득 안쓰러운 마음이 일어 찬성이 에반의 정수리를 가만 쓰다듬었다. 에반의 입꼬리가 희미하게 올라갔다. 반대로 눈꼬리는 부드럽게 처져 사람이 웃는 것처럼 보였다. 찬성이 고개 들어 남은 거리를 살폈다. 미지근한 논물 위로 하루살이 떼가 둥글게 뭉쳐 비행했다. 마치 허공에 시간의 물보라가 이는 것 같았다. 곧 에반 밥 먹일 시간이라 찬성이 걸음을 재촉했다.

그날 밤 할머니는 자정 넘어 집에 들어왔다. 할머니는 마루에 올라서자마자 호주머니에서 랩으로 싼 버터구이오징어를 꺼내 찬성에게 내밀었다.

　—백구 주지 말고 너만 먹어. 주려거든 머리만 떼어 주든가.

　—할머니 술 마셨어?

찬성은 할머니에게서 술기운과 더불어 향수 냄새가 나는 걸 느꼈다. 할머니는 대답 대신 나일론 소재의 천 가방에서 담뱃갑을 꺼냈다. 그러곤 한 대 남은 담배를 집어 불을 붙인 뒤 한숨 쉬듯 작게 중얼거렸다.

　—주여, 저를 용서하소서……

찬성은 에반을 데리고 혼자 병원에 다녀온 이야기를 할머니에게 할까 말까 망설였다.

　—내일 일요일인데 술 마시면 어떻게 해? 교회 안 가?

　—어.

　—왜?

　—그냥 안 가.

　—술 누구랑 마셨어?

　—원로 목사님이랑.

찬성은 원로 목사님이 얼마나 좋은 분인지 할머니에게 수차례 들어 알고 있었다. 아버지의 장례를 도운 사람도, 보험사가 보험금 지급을 거절했을 때 소송을 알아봐준 이도 할머니가 다니는 교회의 원로 목사님이었다. 인지대니 송달료니 하는 어려운 말 앞에서 전전긍긍하던 할머니에게 가장 큰 힘이 되어준 것도 목사님이라고 했다. 비록 보험료 청구 소송은 기각됐지만 "그래도 그만큼 싸워볼 수 있었던 건 다 목사님 덕분"이라고 할머니는 누누이 말했다. 찬성은 할머니가 하는 얘길 반도 못 알아들었다.

　—이제 목사님이 할머니 보기 싫대.

　—그게 뭔 소리야?

　—무슨 소리긴. 아무 소리도 아니지. 아, 그리고 이거.

　할머니가 말을 돌리며 주머니에서 뭔가 꺼냈다.

　—너 전부터 갖고 싶다고 했지?

　—뭐야?

　—휴게소 소장이 핸드폰 바꿨다고 주더라. 액정이 좀 깨졌는데 통화는 되는 거라고. 생각 있으면 가져가라고 하길래 우리 강아지 주려고 챙겨왔지. 뭔 심인가 칩인가 그것만 넣으면 된다던데?

　찬성이 눈을 반짝이며 구형 스마트폰을 받아들었다. 할머니 말대로 왼쪽 모서리에 거미줄 모양의 작은 실금이 갔지만 그만하면 괜찮았다.

　—밥통에 밥 남았지?

　찬성이 스마트폰에서 눈을 떼지 않은 채 답했다.

　—응.

　—그럼 할머니 먼저 잘 테니 조금만 놀다 자. 백구 밥그릇에서 쉰내 나던데 좀 씻어놓고.

할머니가 빈 담뱃갑에 침을 뱉은 뒤 담배를 비벼 껐다. 그러곤 비척비척 컴컴한 안방으로 들어갔다.

찬성은 작은방에 누워 전원도 들어오지 않은 스마트폰을 한참 만지작거렸다. 그러곤 쉬는 시간마다 휴대전화 게임에 열중하던 반 아이들을 떠올렸다. 사각 모니터 안에서 기계인지 생물인지 모를 작은 것들이 바글대며 부서지는 모습을 친구들 어깨너머로 한참 훔쳐보곤 했는데. 찬성은 그 세계가 늘 궁금했다. 친구들이 서로 문자로만 대화하거나 찬성이 용기 내 말을 건네도 액정에서 눈을 떼지 않고 대꾸할 때 특히 그랬다. 찬성은 친구들 사이에 커뮤니티가 작동하는 원리와 어휘로부터 소외돼 있었다. 그런데 갑자기 거짓말처럼 그게 생긴 거였다. 아직 통신사와 계약하거나 번호를 튼 건 아니지만 기기가 있으니 언제든 자신이 원하는 세계와 연결될 수 있을 것 같았다. 찬성이 문득 고요함을 느끼고 주위를 둘러봤다. 온종일 끙끙대며 뒷다리를 핥던 에반이 찬성 옆에 곤히 잠들어 있었다. 찬성의 얼굴에 엷은 그늘이 깔렸다. 동물병원 의사는 에반이 '수술하지 않으면 위험하다'고 했다. 그렇지만 노견이라 '수술이 더 안 좋을 수도 있다'고. 찬성은 그 쉬운 말이 잘 이해되지 않아 몇 차례 눈을 깜빡였다.

—그러면 할 수 있는 게 아무것도 없는 거예요?

의사가 숨을 고른 뒤 차분하게 답했다.

—마지막 방법으로…… 드물게 안락사를 선택하는 분들이 있어.

—그게 뭔데요?

—아픈 동물 친구를 곤히 재운 뒤 심장 멎는 주사를 놔주는 거야. 편안하라고.

의사는 "그러고 나서 후회하거나 힘들어하는 사람도 많으니 신중하게 결정할 일"이라는 말을 잊지 않았다. 일단 에반에게 잘해주라고, 살아 버티는 동안 무척 고통스러울 테니 옆에서 잘 다독여주라고 했다. 그렇지만 찬성은 어떻게 해야 잘해주는 건지, 에반이 진짜 원하는 게 뭔지 알 수 없었다. 때마침 건넛방에서 할머니가 한숨 토하듯 "아이고, 죽어야 모든 고통이 사라지지. 죽어야 근심이 없지. 하나님 나 좀 조용히 데리고 가요"라고 말하는 소리가 들려왔다. 찬성이 몸을 돌려 에반을 뚫어져라 바라봤다. 서로 코가 닿을 정도로 가까운 거리였다.

'네가 네 얼굴을 본 시간보다 내가 네 얼굴을 본 시간이 길어…… 알고 있니?'

에반의 젖은 속눈썹이 미세하게 파들거렸다. 찬성이 에반의 입매, 수염, 콧방울, 눈썹 하나하나를 공들여 바라봤다. 그러자 그 위로 살아, 무척, 버티는, 고통 같은 말들이 어지럽게 포개졌다.

—있잖아, 에반. 나는 늘 궁금했어. 죽는 게 나을 정도로 아픈 건 도대체 얼마나 아픈 걸까?

—……

—에반, 많이 아프니? 내가 잘 몰라서 미안해.

—……

—있잖아, 에반. 만약에 못 참겠으면…… 나중에 정말 너무너무 힘들면 형한테 꼭 말해. 알았지?

에반이 끙 소리를 냈다. 찬성은 몸을 돌려 바로 누운 뒤 어둠 속 빈 벽을 한참 바라봤다.

*

찬성은 복도식 아파트의 각 현관에 A4 크기의 종이를 붙였다. 사십 장 단위로 소분해 모서리마다 미리 유리 테이프를 붙여둔 거였다. '고등부 국어 과외' '과외보다 막강한 1대 3 시스템, 소수 정예 그룹' '내신 대비 특별 교재, 기말 성적표가 확 바뀝니다'. 그밖에 피아노와 태권도 학원을 비롯해 미용실과 헬스장, 치킨, 피자 배달업체 광고도 많았다. 전단지 배포 아르바이트 면접 때 찬성은 제 나이를 조금 올렸다. 다행히 학생증을 보자는 데는 없었다. 키가 닿지 않는 곳에 위치한 우편함은 까치발을 하거나 제자리 뛰기로 해결했다. 공동 현관 비밀번호가 필요한 신축 아파트는 되도록 피했지만 가끔은 모른 척 입주민 뒤를 따라 들어갔다. 앳된 얼굴에 책가방을 멘 찬성을 의심하는 이는 거의 없었다. 그래도 남의 집 대문에 전단지를 붙이는 중 누군가 불쑥 문을 열고 나오면 가슴이 쿵쾅거렸다.

할당량은 생각만큼 빨리 줄지 않았다. 엘리베이터가 없는 빌라와 원룸도 많고 사람들은 지나치게 방어적이거나 무심하거나 신경질적이었다. 아르바이트를 시작한 지 하루 만에 찬성은 자기가 전단지 배포를 너무 만만하게 봤다는 걸 깨달았다. 살면서 이렇게 몸 쓰는 일로 무리를 해본 적이 없었다. 첫날부터 다리에 알이 배어 계단을 오르내리는 일 자체가 곤욕이었다. 그만두고 싶을 때마다 찬성은 주문처럼 "한 장에 이십원, 천 장 돌리면 이만원……" 이란 말을 중얼거렸다. 그러면 조금 더 버텨볼 힘이 났다. 며칠간 휴게소에도 들르지 않고 초저녁이면 기절하듯 자는 찬성을 할머니는 별로 수상쩍어하지 않았다. 그저 딱 한 번 "너, 얼굴이 왜 그렇게 탔냐?" 묻고 말았을 뿐이다.

작업은 혼자 할 때도 있고 여럿이 조를 짜 움직일 때도 많았다. 한번은 같은 조에서 일하는 중학생 형이 아파트 계단에 앉아 파란색 이온음료를 들이켜며 물었다.

—야, 너 이거 왜 하냐?

찬성이 당황한 기색을 감추며 말을 돌렸다.

—형은요?

―나야 뭐 그냥 담뱃값 벌려고 하는 거고.

―네에……

―넌? 초딩이 돈을 얻다 쓰게?

찬성이 주저하다 솔직하게 답했다.

―누가…… 좀 아파서요.

―아……

중학생이 새삼 선량한 어조로 물었다.

―근데 이걸로 돼?

찬성이 눈을 내리깔며 침울하게 답했다.

―우리 개는 작아서 십만원쯤 든대요.

―어? 뭐? 개?

중학생은 잠시 혼란스러워하다 세상 물정 밝은 어른인 척 "요즘
은 동물 병원비도 졸라 비싸다"며 불평했다.

―아니, 그게 아니고요. 개 안락사비가 그 정도 든다는데, 제가
돈이 없어서……

중학생이 무언가 곰곰 생각하다 찬성에게 대뜸 핀잔을 줬다.

―뭔 소리야. 이 새끼 완전 또라이네.

정해진 구역을 다 돌면 찬성은 아파트 단지 내 놀이터에서 종종
숨을 골랐다. 유리 테이프와 가위, 전단지 및 수건과 물병이 든 책
가방을 멘 채 나무 그늘에 앉아 동네 아이들 노는 걸 구경했다. 삼

삼오오 벤치에 모인 엄마들이 육아 정보를 공유하고, 한담을 나누며, 걱정과 관심, 애정이 담긴 눈으로 자기 자식 바라보는 모습을 관찰했다. '아, 엄마들은 아이를 저렇게 보는구나' '저런 눈빛으로 대하는구나' 흘끔거렸다. 그때마다 찬성은 이상하게 태어나 한 번도 얼굴을 보지 못한 엄마 대신 에반이 떠올랐다. '에반도 이런 데서 산책하면 좋을 텐데' '에반도 저런 간식 주면 흥분할 텐데' 아쉬워했다. 에반은 요즘 찬성이 다가가도 쳐다보지 않았다. 흐릿한 눈으로 멍하니 허공만 응시했다. 찬성이 밥에 날계란을 풀어주고, 할머니 몰래 참치 통조림을 얹어줘도 고개 돌리는 날이 많았다. '요새 내가 자꾸 집을 비워 삐진 걸까?' 미안한 마음이 들었지만 최대한 돈을 빨리 모으려면 어쩔 수 없었다.

*

목표한 돈을 다 모은 날 찬성은 마루에 엎드려 단순한 산수를 했다. 일주일간 전단지 오천 장 이상을 돌려 십일만사천원을 벌었다. 살면서 처음 만져보는 돈이었다. 찬성은 구체적인 노동의 대가를 만지며 뜻밖에 긍지와 보람을 느꼈다. 애초 목적과 달리 예상치 못한 성취감에 살짝 어른이 된 기분이 들었다. 마지막날, 너무 지겨운 나머지 전단지 사십 장 정도를 남의 집 옥상에 몰래 버리고 왔지만, 그것 빼곤 정말 죄 묻지 않은 돈이었다. 찬성은 만원짜리 열한 장과 천원짜리 네 장을 가지런히 모아 각을 맞춘 뒤 지갑에 넣었다. 그러곤 안방으로 가 할머니 신분증을 몰래 챙겼다. 안락사 동의서를 작성할 때 어른 신분증이 필요할지도 모른다는 생각에서였다.

다음날 찬성은 평소보다 일찍 일어나 동물병원에 갈 차비를 했다. 할머니는 이미 휴게소로 출근하고 없었다. 마당 한쪽에 연결된 수도에 세숫대야를 놓고 찬성은 에반을 씻겼다. 귀에 물이 들어가지 않도록 양쪽 귀를 잘 잡고, 몸에 비누 거품을 묻혀 구석구석 닦았다. 그 목욕이 어떤 목욕인지 아는지 모르는지 에반은 어린 찬성 손에 순순히 몸을 맡겼다.

—시원해? 에반?

혈관이 비쳐 살짝 분홍빛이 도는 에반 귀를 조심스레 문지르며 찬성이 물었다.

—나는 너 이런 데도 닦아줘야 하는지 잘 몰랐어. 그래서 의사 선생님한테 좀 혼났어. 그동안 많이 답답했지?

찬성은 옷장에서 가장 단정해 보이는 옷을 꺼내 입었다. 왜 그런지 모르지만 그래야 할 것 같았다. 찬성이 차분한 얼굴로 검은색 반팔 셔츠의 단추를 잠갔다. 그러곤 지갑 속 현금을 한번 더 확인하고 마루에 걸터앉아 운동화를 신었다. 가는 길에 일진 형들이라도 만나면 어쩌나 괜한 걱정이 들었다. 찬성이 목욕 후 털이 부풀어 보송보송해진 에반을 사랑스럽게 바라봤다. 그러곤 에반의 목덜미를 한 번 쓰다듬은 뒤 광에서 손수레를 꺼냈다. 오래전 할머니가 졸음 쉼터에서 사용한 아이스박스 캐리어였다. 뽀얗게 먼지가 내려앉은 걸 고무호스로 쏴아아 물을 뿌려 씻어내고, 뚜껑을 분리해 떼어낸 뒤 안에 수건을 깔았다. 그러곤 거기 얼음 대신 에반을 넣었다. 에반 옆에 작은 물그릇과 물통을 넣는 일도 잊지 않았다. 마지막이라고 생각하자 기분이 무척 이상했지만, 마지막이라도 도울 수 있어 다행이었다. 오늘 하루 중요한 일을 치른다는 사실에, 그리고 모든 걸 오로지 혼자 준비했다는 생각에 찬성은 경건한 긴장감을 느꼈다.

참사랑동물병원은 아파트 단지 내 편의시설이 밀집한 상가 건물 일층에 있었다. 산뜻한 크림색 외벽에 통유리가 시원하게 달린 신축 병원이었다. 상호가 박힌 노란 간판엔 검정색 개 발바닥 도장이 찍혀 있어 전체적으로 다감한 인상을 풍겼다. 유리벽에 붙은 '살인 진드기 집중 예방 기간'이라든가 '강아지를 찾습니다'라는 문구가 적힌 인쇄물을 보며 찬성은 왠지 모를 안정과 신뢰를 느꼈다.
　—다 왔어, 에반.
　병원에 들어서기 전 찬성이 뒤를 돌아봤다. 허리 숙여 에반과 눈을 맞추고 싶었지만 마음이 흔들릴 것 같아 꾹 참았다. 한 손에 손수레 손잡이를 잡은 찬성이 반대쪽 어깨에 힘을 실어 병원 유리문을 밀었다. 순간 어떤 힘이 찬성을 바깥으로 확 밀어냈다.

—어?

현관 위 금속 종이 쨍그랑 소리를 냈지만 유리문은 꿈쩍하지 않았다. 찬성이 얼떨떨한 얼굴로 한 발짝 뒤로 물러섰다. 그리고 그때서야 유리문에 붙은 공지문을 발견할 수 있었다.

'상중喪中. 주말까지 쉽니다.'

찬성은 상중이란 단어의 뜻을 정확히 알지 못했지만 그것이 죽음과 관련된 말이라는 걸 직감적으로 알 수 있었다. 찬성은 묘한 안도를 느꼈다.

찬성은 상가 주위를 배회하다 인근 아파트 단지 놀이터로 갔다. 전에 전단지를 돌리며 몇 번 와본 곳이었다. 찬성은 등나무 그늘에 앉아 잠시 쉬었다. 아침부터 온종일 긴장한 탓에 피로가 밀려왔다. 아이스박스 속 예반이 잠에서 깨 고개를 들었다. 그러곤 자신을 걱정스레 내려다보고 있는 찬성의 얼굴을 흘깃댔다. 몇몇 사내아이들이 왁자지껄 찬성 앞을 지나갔다. 서로 스마트폰을 들여다보며 저희끼리 뭐라 참견하고 장난치며 웃어댔다. 찬성이 위축된 얼굴로 그 아이들을 바라봤다. 그러곤 자신의 불룩한 바지 주머니를 한 번 만진 뒤 자리에서 일어났다.

집으로 가는 길, 찬성은 버스 정류소 근처의 휴대전화 대리점을 지나쳤다. 찬성은 버스를 기다리다 진열장 안에 전시된 최신형 스마트폰을 구경했다. 반짝반짝 검은 보석처럼 빛나는 매끈한 기기 위로 찬성의 얼빠진 얼굴이 비쳤다. 찬성은 그것들이 진심으로 아름답다 느꼈다.

　―이것 봐, 에반. 멋지다.

　찬성이 진열장에서 시선을 돌려 아이스박스 속 에반을 바라봤다. 에반은 공처럼 몸을 둥글게 말아 그 안에 자신의 머리를 묻고 죽은듯 잠들어 있었다. 찬성은 에반을 한 번 쓰다듬은 뒤 바지 주머니에서 구형 휴대전화를 꺼냈다. 그러곤 모서리에 살짝 금이 간 액정에 자기 얼굴을 비춰 보다 중요한 사실 하나를 깨달았다.

　―그러고 보니 돈이 남네.

　에반을 위해 쓸 돈을 빼고도 만사천원이 남는다는 사실에 찬성의 가슴이 뛰기 시작했다. 잠시 후 집에 가는 버스가 도착했지만 찬성은 버스에 오르는 대신 휴대전화 대리점 유리문을 열어젖혔다.

　처음엔 그냥 유심칩 가격이나 물어볼 생각이었다. 그러다 어느 순간 직원 앞에 앉게 되었고, 그가 내민 서류에 또박또박 이름을 적어넣었고, 할머니 신분증을 건네고 말았다. 찬성은 자신의 구형 휴대전화에 유심칩을 넣는 직원을 쳐다보다 대리점 유리문 앞에 세워둔 손수레를 돌아보았다. 아이스박스 안에 잠들어 있을 에반은 보이지 않았지만 에반이 거기 있다는 사실은 분명했다.

—유심칩 값 만원에 충전기 오천원. 원래 개통비 삼만원도 받아야 하는데 지금은 이벤트 기간이니까 무료로 해줄게.

찬성이 자신의 휴대전화를 돌려받으며 지갑에서 만오천원을 꺼내 직원에게 건넸다. 에반 병원비에서 천원을 허는 게 조금 찝찝했지만 동물병원이 문을 닫는 기간 동안 용돈을 아끼면 충분히 메울 수 있을 것 같았다. 버스 정류소 앞에서 찬성은 휴대전화 버튼을 수없이 눌러보았다. 실금 간 액정 위로 환한 빛이 들어오자 더이상 자신의 얼굴이 비치지 않았다. 찬성은 휴대전화 카메라 단추를 눌러 발밑에 잠들어 있는 에반의 사진을 처음으로 찍었다. "찰칵" 소리와 함께 찬성의 등뒤로 냉장 트럭 한 대가 쏜살같이 지나갔다.

에반은 물 한 모금 마시지 않고 조용히 잠만 잤다. 여느 때처럼 보채거나 끙끙대지 않고 자신의 다리를 핥지도 않았다. 찬성은 하루종일 휴대전화를 만지다 충전하는 동안에만 가끔 에반을 살폈다.

—그래, 착하다, 우리 에반.

찬성은 잠든 에반의 등을 쓰다듬은 뒤 휴대전화를 다시 손에 쥐고 갖가지 애플리케이션을 내려받으며 시간을 보냈다.

—전화 요금 많이 나오면 다 네 용돈에서 깔 테니까 알아서 해.

할머니가 엄포를 놓아도 소용없었다. 그날 밤 찬성은 이부자리에 누워 오래전 아버지가 그런 것처럼 휴대전화 불빛으로 개 그림자를 만들었다.

—에반, 이것 봐. 내가 네 친구들을 불러왔어.

찬성이 소리쳤지만 에반은 미동도 하지 않았다.

—에반, 이거 보라니까. 내가 아빠보다 더 잘하는 것 같아. 진짜 개야, 진짜 개. 네 친구들이라니까.

에반은 여전히 아무 반응이 없었다.

이틀 뒤, 점심시간이 끝날 무렵 찬성은 휴게소에 들렀다. 여름 휴가 기간과 주말 연휴가 겹쳐 휴게소 안은 주차 공간이 없을 만큼 사람들로 붐볐다. 할머니는 지친 얼굴로 잔치국수가 담긴 쟁반을 들고 찬성에게 다가왔다.

—점심 다른 거 사먹는다고 돈으로 달라 하더니.

—아, 그거. 이제 됐어, 할머니.

—되다니, 뭐가?

—어제 받은 걸로 해결됐다고.

—그러니까 뭐가 해결됐냐고?

—있어, 그런 게. 얼른 국수나 줘.

찬성이 호로록 국수를 삼키며 주방 안쪽에서 설거지하는 할머니의 뒷모습을 지켜봤다. 할머니가 허리를 굽혔다 펼 때마다 허리춤 사이로 찬성이 전날 밤 붙여준 하얀 파스가 보였다 사라졌다.

찬성은 식기 반납함에 쟁반을 갖다놓고 주유소 옆 등나무 벤치로 가 스마트폰을 갖고 놀았다. 자신이 스마트폰 만지는 걸 많은 이들이 봐주길 바랐지만 사람들은 찬성을 신경쓰지 않았다. 화장실에 가고, 금연 표지판 앞에서 담배를 피우고, 음료수를 든 채 상대와 짧은 대화를 나누며 다들 자기 일에 몰두했다. 주말 인파에 섞여 찬성은 스마트폰으로 〈터닝메카드〉를 보고 또 봤다. 그러다 문득 자신이 지난 사흘 동안 누군가와 통화해본 적이 없다는 사실을 깨달았다. 찬성이 아는 번호도, 찬성 번호를 아는 사람도 없었다. 교무실에 전화 걸어 반 친구들 연락처를 물어볼까 잠시 고민했지만 선생님과 통화해야 한다는 게 내키지 않았다.

'아빠가 살아 계셨으면 아빠한테 걸었을 텐데.'

오랜 궁리 끝에 찬성이 지갑에서 동물병원 명함을 꺼내들었다. 상중이라 주말까지 쉰다는 말이 생각났지만 찬성은 괜히 한번 병원 전화번호를 눌러보았다.

'어쩌면 문을 열었을지도 몰라. 누가 받으면 뭐라고 하지?'

휴대전화 너머로 익숙한 연결음이 들렸다. 찬성은 잘못한 것도 없는데 가슴이 뛰었다. 몇 차례 긴 연결음이 이어졌지만 전화를 받는 사람은 없었다. 찬성은 동물병원 쪽에서 전화를 받지 않았다는 사실에 다시 한번 이상한 안도를 느꼈다. 찬성이 지갑 안에 명함을 넣으며 남은 돈을 세어보았다. 십만삼천원. 에반을 병원에 데려가기에 부족하지 않은 액수였다. 오늘만 지나면, 그러면 꼭······ 다짐하며 일어서는데 찬성 무릎 위의 휴대전화가 아스팔트 보도 위로 툭 떨어졌다. 찬성이 창백해진 얼굴로 황급히 휴대전화를 주워 들었다. 그러곤 실금 간 왼쪽 모서리부터 확인했다. 찬성이 거미줄 모양 실금에 손가락을 대고 천천히 문질렀다. 아주 고운 유리 가루 입자가 손끝에 묻어났다. 찬성의 눈동자가 심하게 흔들렸다.

집으로 가는 길, 찬성은 한 손을 길게 뻗어 휴대전화를 좌우로 틀며 햇빛에 비춰 봤다. 검은 액정 표면에 닿은 빛이 물에 뜬 기름처럼 매끈하게 일렁였다. 더불어 찬성의 가슴에도 작은 만족감이 일었다. 액정에 보호필름을 붙이니 왠지 기계도 새것처럼 보이고, 모서리 쪽 상처도 눈에 덜 띄는 것 같았다. 스스로에게 조금 실망스런 기분이 들었지만 '어쩔 수 없는' 상황이었다고 변명했다. 찬성은 '구경이나 해볼 마음'으로 휴게소 전자용품 매장에 들렀다 액세서리 용품 진열대 앞에 한참 머물렀다. 그러곤 티끌 하나 없이 투명한 보호필름을 만지며 자기도 모르게 "사흘······" 하고 중얼댔다. 그러니까 사흘 정도는······ 에반이 기다려주지 않을까 하고. 지금껏 잘 견뎌준 것처럼. 더도 말고 덜도 말고 딱 사흘만 참아주면 안 될까. 당장 가진 돈과 앞으로 모을 돈을 계산하는 사이 찬성은 어느새 계산대 앞에 서 있었다. 정신을 차리고 보니 지갑 안의 돈이 어느새 구만오천원으로 줄어 있었다.

에반이 구슬피 울기 시작한 건 그날 밤이었다. 한 번도 그런 적이 없는데 이상했다. 에반은 하늘을 보며 늑대처럼 긴 울음을 토해냈다. 자다 깜짝 놀란 찬성이 자리에서 일어나 에반 얼굴을 두 손으로 감쌌다.

─왜 그래, 에반? 무슨 일이야?

에반이 저항하며 방바닥에 머리를 짓이겼다. 자세히 보니 눈 주위에 눈곱이 덕지덕지 끼고 입에서도 심한 악취가 났다. 순간 찬성이 입과 코를 손으로 틀어막으며 고개를 돌렸다.

─아유, 저놈의 개새끼!

안방에서 할머니가 고래고래 소리를 질렀다.

─왜 자꾸 재수없게 울어? 아유, 소름 끼쳐. 당장 갖다 버리든가 해야지.

할머니의 비위를 거스르지 않으려 찬성이 에반 대신 목소리를 낮췄다.

─에반, 미안해. 우리 사흘만 참자. 딱 사흘만. 그때는 형이 꼭…… 착하지? 조금만 참아, 조금만……

*

이틀이 지났다. 찬성은 이상한 기척에 잠에서 깼다. 게슴츠레

눈을 떠보니 에반이 자신의 뺨을 핥고 있었다. 두 발을 찬성의 가슴팍에 올리고 마치 작별 인사라도 하는 양 찬성 얼굴에 자기 머리를 비볐다. 에반이 꼬리를 흔들고 배를 보일 때와 조금 다른 느낌이었다. 찬성은 이상하게 눈물이 나려 했다. 요즘 계속 잠만 자더니 갑자기 어디서 그런 힘이 난 걸까. 혹시 기적적으로 상태가 조금 나아진 걸까. 이렇게 아주 조금씩 좋아지다보면 예전으로 다시 돌아갈 수 있지 않을까. 가슴속의 부질없는 희망이 컵에 담긴 물마냥 출렁였다. 에반은 더이상 움직일 힘이 없는지 찬성 옆구리에 머리를 깊숙이 파묻었다. 찬성이 어둠 속에서 잠 묻은 말투로 "그래, 그래" 하고 속삭였다.

다음날 날이 밝자마자 찬성은 서둘러 시내에 갔다. 오늘 아예 직접 병원에 들러 안락사 동의서를 쓰고 예약까지 하고 올 생각이었다. 그러면 더이상 마음이 흔들리지 않고, 돈을 헐어 쓰는 일도 막을 수 있을 것 같았다. 동물병원에 도착하기 전, 찬성은 대형 문구점 앞을 지나다 걸음을 멈췄다. 알록달록 여러 종류의 휴대전화 케이스가 걸린 진열대에서 〈터닝메카드〉 캐릭터가 그려진 상품을 발견하고서였다. 무심코 가격을 살펴보니 삼만사천원이나 했다. 순간 찬성의 머릿속에 전에 없던 의심이 피어났다. 어쩌면 안락사에 대해 자신이 처음부터 잘못 생각한 게 아닐까 하는. 에반의 죽음을 거드는 것보다 에반이 살아 있는 동안 조금이라도 의미 있는 시간을 보내는 게 '우리 둘 모두에게' 좋은 일이 아닐까 싶었다.

　집으로 돌아가는 찬성 얼굴에 근심이 가득했다. 어느새 찬성 손에는 육만칠천원밖에 남아 있지 않았다. 모든 게 합당하고 필요한 과정처럼 여겨졌는데 이상했다. 찬성은 무거운 발걸음으로 오늘따라 유난히 길게 늘어선 듯한 논둑길을 휘적휘적 혼자 걸었다. 수중에 남은 돈이 구만 얼마이거나 십일만 얼마였을 때와 달리 육만칠천원은 십만원으로부터 너무 멀어 보였다. 다시 십만원을 채우려면 전단지 이천 장을 돌려야 했다. 그런데 이천 장이라니, 엄두가 나지 않았다. 찬성은 왠지 집으로 곧장 들어갈 용기가 나지 않아 휴게소에 들렀다. 그러곤 등나무 벤치에 앉아 새로 산 스마트폰 케이스를 만지작거리며 시간을 때웠다. 찬성은 저녁때가 다 되어서야 자리에서 일어났다. 그러곤 휴게소 식품 코너에 들러 에반에게 줄 핫바를 샀다.

　'하나 더 사서 나도 먹을까?'

　기름 냄새를 맡으니 허기가 밀려왔지만 참았다. 찬성은 본능적으로 이런 때 작은 금욕과 희생을 감내하고 나면 기분이 나아지리란 걸 알았다. 찬성은 핫바가 든 검정 비닐봉지를 들고 터덜터덜 사십 분을 걸어 집에 왔다. 모든 불이 꺼진 탓에 집안이 평소보다 더 어두워 보였다. 찬성이 대문을 열고 마당으로 들어서며 일부러 큰 소리를 냈다.

―에반! 형이 간식 사왔어. 이리 와봐. 네가 좋아하는 핫바야.

찬성이 신을 벗고 마루에 올랐다.

―에반! 이것 좀 봐. 여기까지 오는 동안 나도 엄청 먹고 싶었는데 너 주려고 꾹 참았어. 참느라 얼마나 힘들었는지 모르지?

에반이 기뻐할 모습을 상상하며 찬성이 작은방 문을 활짝 열었다. 그런데 거기 에반이 없었다.

―에반!

찬성이 목소리를 높였다. 집 주위가 새삼 섬뜩할 정도로 어둡고 고요했다. 찬성은 자신이 익숙하게 살아온 세계에 위화감을 느꼈다.

―에반! 너 어디 있니?

습기 찬 저녁 들판 위로 찬성의 목소리가 희미하게 메아리쳤다.

'앞도 잘 안 보일 텐데. 다리도 아픈 녀석이 어디로 간 걸까?'

에반에게 무슨 일이 생긴 건 아닌지 불안했다. 이럴 줄 알았으면 목줄이라도 묶어놓을걸. 에반 몸이 약해졌다고 너무 방심했나 싶었다.

'멀리는 못 갔을 거야.'

찬성이 휴대전화 손전등 기능을 켠 채 한 발 한 발 수색 범위를 넓혔다. 에반은 작은 개라 발밑을 잘 살펴야 했다.

―에반! 장난치지 마, 응?

논바닥에 주저앉아 당장 울고 싶은 마음을 누르며 찬성이 걸음을 재촉했다. 일단 에반을 찾는 게 먼저였다.

  찬성이 멀리 불 켜진 고속도로 휴게소를 바라봤다. 자신도 왜 그곳까지 갔는지 알 수 없었다. 어쩌면 그 시간에 갈 수 있는 데가 거기밖에 없어 그랬는지 몰랐다. 아니면 덜컥 겁이 나 할머니가 보고 싶었는지도. 찬성이 숨을 고르며 최대한 이성적으로 상황을 판단하려 애썼다. 만일 에반이 혼자 힘으로 어딘가 갔다면 전에 한 번이라도 가본 데일 거라 생각했다. 그리고 그곳은 찬성도 아는 곳일 확률이 높았다. 찬성은 에반이 지금 생각보다 가까운 곳에 있을지도 모른다고 기대했다. 그것도 아주 가까이에. 찬성은 일단 분식 코너에 들러 할머니에게 혹시 에반이 여기 오지 않았느냐고 물을 계획이었다. 그런데 주유소 앞을 지날 즈음 문득 불길한 느낌에 휩싸이고 말았다. 순간적으로 얼굴에 피가 몰리며 호흡이 가빠졌다. 그러니까 거기 주유소 쓰레기통 옆에 눈에 익은 자루 하나가 보여서였다. 안에 뭐가 들었는지 자루 아래가 불룩했고 입구는 노끈으로 단단히 묶여 있었다.

  '아니야. 그럴 리 없어.'

  찬성이 방망이질 치는 가슴을 안고 그 앞을 못 본 척 지나갔다. 자루 아래로 선홍색 피가 천천히 새어나오고 있었다. 찬성은 전에 비슷한 걸 본 적 있었다. 고속도로 갓길에 쓰러진 동료를 웬 들개 무리가 지키고 선 모습이었다. 아버지가 운전석에서 전조등을 몇 번 깜빡여도 죽은 동료를 에워싼 채 이쪽을 쏘아보던 들개들의 얼굴이 떠올랐다.

'그렇지만 우리 개는 유기견이 아니니까……'

찬성이 식당 쪽으로 몸을 틀었다. 그런데 그때 몇몇 형들이 웅성거리는 소리가 들렸다. 한쪽 가슴에 주유소 로고가 박힌 조끼를 입은 형들이었다.

—아이 씨, 아니라니까 그러네.

—에이, 설마?

—아이, 진짜라니까. 그 개가 일부러 뛰어드는 것 같았다니까. 차가 지나가기를 기다렸다는 듯이.

찬성은 꽤 오랫동안 그 자루 앞에 서 있었다. 몇 번 '노끈을 풀어볼까?'라는 충동이 일었지만 그러지 않았다. 자루 아래로 방금 전보다 더 많은 양의 피가 새어나왔다. 만지면 아직 따뜻할 것 같은 피였다. 이윽고 찬성이 몸을 돌려 걸음을 옮겼다. 자루에 든 게 뭔지 끝내 확인하지 않고, 그때까지 오른손에 꽉 쥐고 있던 휴대전화를 든 채 자리를 떴다.

주위는 더 어두워졌다. 찬성이 뻣뻣하게 굳은 몸을 이끌고 고속도로 옆 비포장길을 걸어나갔다. 몇몇 차들이 시끄러운 경적을 울리며 찬성 옆을 획획 지나갔다. 찬성이 고개 숙여 제 손바닥을 내려다봤다. 휴대전화 손전등 기능을 너무 오래 사용한 탓에 기기에서 열이 났다. 손바닥에 고인 땀을 보니 문득 에반을 처음 만난 날이 떠올랐다. 손바닥 위 반짝이던 얼음과 부드럽고 차가운 듯 뜨뜻미지근하며 간질거리던 무엇인가가. 그렇지만 이제 다시는 만질 수 없는 무언가가 가슴을 옥죄었다. 하지만 당장 그것의 이름을 무어라 불러야 할지 몰라 찬성은 어둠 속 갓길을 마냥 걸었다. 대형 화물 트럭 몇 대가 시끄러운 경적을 울리며 찬성 옆을 사납게 지나갔다. 머릿속에 난데없이 '용서'라는 말이 떠올랐지만 입밖에 내지 않았다. 찬성이 선 데가 길이 아닌 살얼음판이라도 되는 양 어디선가 쩍쩍 금 가는 소리가 들려왔다.

건너편

이번 크리스마스에는 노량진 수산시장에 가자고, 이수가 수건을 개며 말했다.

—노량진?

도화가 부엌에서 섬초 시금치를 다듬다 고개 돌렸다. 부엌이라 해봐야 거실에서 몇 발자국 거리이지만 건너편 상대에게 말할 땐 목소리를 조금 높여야 했다.

—어, 거기 수협 있는 데.

도화가 수심 어린 얼굴로 찬물에 시금치를 담갔다. 한겨울 눈바람을 맞고 자란 풀들이 도시의 수돗물을 머금자 꽃처럼 부풀었다.

—그날 나가봤자 복잡하고 바가지만 쓸 텐데.

물에서 시금치를 건지는 도화의 두 손에 초록이 무성했다. 이수는 거실 바닥에 앉아 개그 프로그램을 보며 낄낄댔다. 티브이에서 눈을 떼지 않은 채 수건을 더디 갰다. 도화 식대로 가로로 세 번, 세로로 한 번. 각 잡은 수건을 층층 쌓을 때마다 '우리집에선 늘 둥글게 말았는데……'란 생각이 절로 났지만 아무래도 여긴 도화 집이었다. 이수 돈이 조금 들었다 해도 그건 사실이었다.

　─어, 나 거기 아는 형 있어. 가게 오면 잘해주겠다고 전부터 꼭 들르라더라.

　이날 두 사람은 평소보다 달게 잤는데, 저녁상에 오른 나물 덕이었다. 도화는 밤새 내장 안에서 녹색 숯이 오래 타는 기운을 느꼈다. 낮은 조도로 점멸하는 식물에너지가 어두운 몸속을 푸르스름하게 밝히는 동안 영혼도 그쪽으로 팔을 뻗어 불을 쬐는 기분이었다. 잠결에 자세를 바꾸다 도화는 속이 편하다는 느낌을 몇 번 받았다.

　─제철 음식이라 그런가.

　도화가 간밤 편안함을 설명하자 이수가 도화 쪽으로 몸을 틀며 호응했다. 도화는 새삼 그 말이 이상하게 들렸는데, 직업상 비 올 확률이라든가 바람의 세기, 적설량에 민감한 도화에겐 요즘 들어 '제철'이 다 사라진 것처럼 보였기 때문이다. 당장 크리스마스를 하루 앞둔 오늘만 해도 그랬다. 기상청에서 예보한 최저, 최고 기온 모두 영상을 크게 웃돌았다. 일본 어느 도시에서는 벚꽃이 피었다 하고, 뉴욕 한낮 기온도 십팔 도를 넘었다 했다. 여러모로 올 겨울은 겨울 같지 않았다. 파이프에서 물이 새듯 미래에서 봄이 새고 있었다.

—내일 쉬지?

이수가 가랑이 사이로 이불을 말아넣으며 도화 눈치를 봤다. 해 뜨기 전이라 잠 묻은 눈두덩에 의식이 가물댔다. 도화가 "응" 하고 답하며 화장대 거울에 비친 이수를 봤다. 뻗친 머리카락 사이로 새치가 부쩍 늘어 있었다.

—그런데 모레는 나가봐야 해.

도화가 고개를 좌우로 움직이며 눈가 주름에 파운데이션이 끼지 않았는지 살폈다. 그러곤 자신이 한창때를 지났다는 걸 체감했다. 아무렴 한창때가 지났으니 나물맛도 알고 물맛도 아는 거겠지. 살면서 물 맛있는 줄 알게 될지 어찌 알았던가. 직장 상사들은 '삼십대 중반이야말로 체력과 경력, 경제력이 조화를 이루는, 인생에서 가장 좋은 때'란 말을 자주 했지만 도화는 알고 있었다. 자신도, 이수도 바야흐로 '풀 먹으면' 속 편하고, '나이 먹으며' 털 빠지는 시기를 맞았다는 걸.

—다녀올게.

도화가 이불 밖으로 뻗어나온 이수 맨발을 물끄러미 바라봤다. 전에는 집을 나설 때 이수 발등에 자주 입맞춰줬다. 한 손 가득 발을 감싼 뒤 털 난 발가락을 쓰다듬다 이불 안에 도로 넣어주곤 했다. 도화는 그 발, 자신과 많은 곳을 함께 간 연인의 발을 응시했다. 그러곤 결국 아무것도 안 하고 돌아섰다. 도화가 안방과 부엌 사이 놓인 반투명 미닫이문을 조심스레 열며 문지방을 넘는데, 이수가 베개에서 머리를 떼며 큰 소리를 냈다.

—참, 나 오늘 어디 가.

—어디?

—태안.

—왜?

—원덕이 결혼식.

—아…… 오늘이구나. 늦어?

—아니, 식 끝나면 바로 올 거야. 할 일도 많고.

도화가 '알았다'고 답하며 미닫이문을 닫았다. 현관 앞에 가지런히 놓인 검정색 소가죽 단화에 발을 넣으며 코트 주머니에서 황사 마스크를 꺼내 썼다. 그러곤 여느 직장인과 마찬가지로 졸음과 추위에 맞서며 매연에 잠긴 도시 속으로 걸어나갔다. 바깥공기가 폐에 닿자 몸에 피가 도는 속도가 빨라졌다. 몸 상태가 바뀌는 게 아니라 다른 몸으로 갈아타는 느낌이었다. 도화가 6호선 지하철역 계단을 내려가며 스마트폰으로 열차시간을 확인했다. 그러곤 속으로 '오늘밤에는 꼭 헤어지자 얘기해야지……' 다짐했다. 그런지 두 달째였다.

　도화의 직장은 빌딩숲이 우거진 도심 한복판에 있었다. 도화는 서울시 종로구에 위치한 서울지방경찰청 교통안전과 종합교통정보센터에서 일했다. 처음 본청 오층에 들어섰을 때 도화는 수백 대의 관측용 모니터에 압도당했다. 재난영화에서나 보던 현대적 시스템의 현현이랄까. 자신이 사마귀나 잠자리 눈 안쪽에 들어선, 아니 그보다 '행정'이라는 고등 생물 뇌 속에 앉아 있는 기분이었다.

　서울에는 하루 사백만 대 이상의 차량이 오갔다. 교통정보센터에서는 도로별 상황을 분석해 라디오와 인터넷 방송국에 보냈다. 센터에 이십사 시간 상주하는 안내원과 경찰이 그 일을 했다. 방송사 리포터를 제외하고 경찰청 직원 중 생방송을 진행하는 사람은 세 명이었다. 십 년 가까이 프로듀서 겸 스태프, 아나운서 일을 맡아온 최경위와 방송 경력 팔 년 차 박경사 그리고 경장 계급을 단 지 얼마 안 된 도화가 한 팀이었다.

　12월 24일 전국 미세먼지 농도는 매우 짙었다. '하늘을 친구처럼 국민을 하늘처럼' 여기는 기상청 예보에 따르면 그랬다. 시민들은 그날 날씨에 따라 교통수단을 정하고 업무를 조정했다. 폭우

나 폭염 또는 이상기후가 나타나면 보험사가 긴장하고, 홈쇼핑 편성표가 재편되고, 대형마트 기획팀이 바빠졌다. 더불어 종합교통정보센터에서도 촉을 세웠다. 눈 한 송이의 의지가 모여 폭설이 되듯 시시티브이에 비친 풍경이 모여 교통방송의 '정보'가 됐다. 도화는 목, 교橋, 진津, 포浦, 천川, 골, 굴窟 등의 이름을 외웠고 각 도로의 특징과 이력을 파악했다. 그리고 자신이 이해한 것을 간명하게 요약해 세상에 전했다. 도화는 자신이 속한 조직의 문법을 존중했다. 수사도, 과장도, 왜곡도 없는 사실의 문장을 신뢰했다. 이를테면 '내부순환로 홍제램프에서 홍지문 터널까지 차량이 증가해 정체가 예상된다'거나 '올림픽대로 성수대교에서 승용차 추돌 사고가 났으니 안전 운행하시라'와 같은 말들을. 더구나 그 말은 세상에 보탬이 됐다. 선의나 온정에 기댄 나눔이 아닌 기술과 제도로 만든 공공선. 그 과정에 자신도 참여하고 있다는 사실에 긍지를 느꼈다. 그것도 서울의 중심 이른바 중앙에서. 실제로 서울지방경찰청 건물은 조선시대 왕궁 중 하나인 경복궁 근처에 있었다. 서울에서 지방까지 거리를 계산할 때 시작점도 광화문이었다.

생방송 오 분 전, 도화는 미지근한 물로 입을 축인 뒤 습관적으로 "흠" 소리를 냈다. 옷매무새를 점검하고 큐 카드를 챙겨 카메라 앞에 섰다. 카드 뒷면에 고개를 옆으로 튼 노란색 참수리가 눈을 부라리고 있었다. 도화가 입술에 침을 바르며 짧은 숨을 들이켰다.

이윽고 프로듀서 겸 스태프를 맡은 최경위가 신호를 보냈다.

―오십오분 교통정보를 알려드리겠습니다.

이른 아침, 도화의 밝고 건전한 목소리가 시내 곳곳에 퍼져나갔다. 빗방울처럼, 종소리처럼. 산발적으로 또 다발적으로. 도화의 어깨에 박힌 무궁화 봉오리 모양 은장이 조명을 받아 차갑게 반짝였다.

*

이수가 서울 남부터미널역에 도착한 건 밤 아홉시가 넘어서였다. 신랑측 전세버스에서 내려, 지인들과 인사를 나눈 뒤 지하철역 쪽으로 몸을 트는데 대학 동기 몇몇이 팔뚝을 잡았다. 몇 년 만에 만났는데 근처에서 맥주나 한잔하자는 거였다. 이수가 '집에 일이 있다'는 식으로 둘러대자 누군가 '우리도 오래 못 마신다'며, '애들 크리스마스 선물 주려면 일찍 들어가야 한다'고 엄살인지 자랑인지 모를 푸념을 했다. 이수는 크리스마스이브에 동기들과 겉도는 대화나 하며 지루한 시간을 보내고 싶지 않았다. 긴 세월 각자 바쁘게 살다보니 우정도 추억도 희미해져 이제는 어떤 친구도 도화만큼 편하지 않았다. 그렇지만 거절할 명분도 마땅찮아 왁자지껄 앞장서는 무리를 엉겁결에 따라나서는 수밖에 없었다.

'딱 한 잔만' 하자던 술자리는 3차까지 이어졌다. 새벽 세시가 넘었을 즈음 테이블에 남은 사람은 이수와 동오뿐이었다. 두 사람은 그렇게 친하지도 않았다. 이수는 동오가 최근 커피숍을 냈다 망한 걸 알고 있었다. 직접 연락하지 않아도 그런 소문은 귀에 잘 들어왔다. 이수는 자기 근황도 그런 식으로 돌았을지 모른다고 짐작했다. 걱정을 가장한 흥미의 형태로, 죄책감을 동반한 즐거움의 방식으로 화제에 올랐을 터였다. 누군가의 불륜, 누군가의 이혼, 누군가의 몰락을 얘기할 때 이수도 그런 식의 관심을 비친 적 있었다. 경박해 보이지 않으려 적당한 탄식을 섞어 안타까움을 표한 적 있었다. 그 자식 공부 잘했는데. 그러니까 걔가 그렇게 될 줄 어떻게 알았어. 인생 길게 봐야 하나봐. 누구는 벌써 부장 달았던데. 걔가 잘 풀릴 줄 아무도 몰랐잖아. 동일한 출발선을 돌아본 뒤 교훈을 찾고 줄거리를 복기할 입들이 떠올랐다. 그러다 어색한 침묵이 돌면 금방 다른 화제를 찾아내겠지. 어쩌면 다른 친구들도 이미 타인의 삶에 심드렁해진 지 오랜데 이수 혼자 그렇게 추측하는지 몰랐다. 이수는 3차 자리에서 일어나 동오와 어깨동무를 한 채 해물포차에 갔다. 동오는 안주가 나오자마자 탁자 위로 뻗어버렸고, 이수는 곧 마흔을 바라보는 친구의 휑한 정수리를 바라보며 한 시간 넘게 혼자 소주를 마셨다. 그리고 새벽 다섯시 즈음 누군가 어깨를 흔드는 기척에 잠에서 깼다. 이수야, 일어나. 집에 가야지. 학부 시절 말 몇 마디 섞어본 게 전부인 동기가 자신을 부축하고 토닥이는 게 느껴졌다. 아냐, 아냐, 나 돈 있어. 계산하지 마. 알아, 인마, 아까도 네가 샀잖아. 실랑이를 벌이다 비틀비틀 거리로 걸어나왔다.

─아저씨, 신사동 가주세요.

─신사요?

─네, 강남 신사 말고 은평구 신사요.

이수가 택시 뒷좌석에 올라타며 말짱한 척을 했다. 딴에는 교통비를 아끼려 지하철 첫차시간까지 버틴 건데 그사이 술을 너무 많이 마셔 몸을 가눌 수 없었다.

─어느 길로 가드릴까요?

─강변북로 타주세요.

이수가 게슴츠레한 눈을 끔적이며 창문에 이마를 기댔다. 멀리 가로등 불빛 아래로 뿌연 먼지가 부유하는 게 보였다. 올겨울 이상기온 원인은 엘니뇨라던가. 엘니뇨의 별명은 아기 예수. 크리스마스 즈음 자주 나타나 먼 나라 어부들이 그렇게 부른다 했다. 이수는 이국의 먼바다에서 시작돼 한국에 영향을 주는 현상이랄까, 인생의 작은 우연과 돌이킬 수 없는 결과, 교훈 따위 없는 실패를 떠올렸다. 지난 십 년간 자기 삶에 남은 것 중 가장 귀한 것이 뭘까 생각했다. 그러다 무겁게 감기는 눈을 어쩌지 못해 기절하듯 잠들었고 얼마 안 돼 소스라치듯 일어나 주위를 둘러본 뒤 다시 코를 골았다.

　같은 시간, 도화는 집에서 티브이 모니터를 응시하고 있었다.
거실에 불도 켜지 않은 채 무릎을 세우고 앉아 이리저리 채널을
돌려댔다. 좁은 거실을 한껏 차지한 사십칠 인치 벽걸이형 평면
티브이는 몇 해 전 이수가 공무원 시험을 때려치운 기념으로 사들
인 거였다. 그렇지만 그 안엔 취업을 자축하는 의미도 담겨 있었
다. 퇴근 후 도화가 어리둥절한 표정을 짓자 이수는 '어차피 결혼
하면 새로 살 거라 좋은 걸로 장만했다'고 했다. 전시 상품이라 무
척 싼데다, '내 카드로 샀으니 걱정 말라'고.
　—어디야? 연락 줘.
　도화가 이수에게 문자메시지를 보냈다. 그러곤 '늘 이런 식이
야……' 생각했다. 도화가 이별을 준비할 때면 두 사람 사이에 꼭
무슨 일이 생겼다. 이수가 새 직장의 면접을 앞두고 있거나, 도화
가 승진을 하거나, 이수의 생일이거나, 누가 아픈 식이었다. 미래
를 예측해 결론 내리기 좋아하는 도화는 벌써부터 오늘 하루가 빤
히 읽혀 울적했다. 과음한 이수는 하루종일 앓을 것이다. 술과 담
배 냄새로 이불을 더럽히고 땀에 전 몸으로 오후 느지막이 일어나
두통을 호소하겠지. 그러다보면 우리는 오늘도 헤어지지 못할 것
이다.

도화는 UFC 경기가 한창인 모니터 속 풍경을 물끄러미 바라봤다. 이수가 좋아하는 프로그램이었다. 반질거리는 파이트 쇼츠를 입은 한국 선수가 상대에게 덤벼보라는 손짓을 했다. 엉덩이 부분에 대부업체 광고 문구가 큼지막이 박혀 있었다. '정말 하루도 대출 광고 안 보는 날이 없다'며 투덜대던 이수 얼굴이 떠올랐다. 도화는 기계적으로 채널을 돌렸다. 한겨울이라 그런지 모 쇼핑업체에서 창틀을 팔았다. 다른 채널에서는 야마하 그랜드피아노가 한 달에 단돈 79,917원. 대형 모니터에서 쏟아지는 전파가 도화 몸을 얼룩덜룩 물들였다. 언젠가 이수와 수족관에 갔을 때 두 사람 머리 위에도 비슷한 얼룩이 아른댔다. 하지만 그건 물그림자였던가. 빛 그림자였나. 한 손을 길게 뻗어 "빛도 얼까?" 중얼대던 이수가 떠올랐다. 도화는 아름다운 혹등고래나 발광해파리 보듯 자본과 상품이 나른하게 유영하는 모습을 관람했다. 뻔하고 지루하지만 때론 넋을 잃고 보게 되는 풍경이었다. 도화가 무표정한 얼굴로 다시 리모컨 단추를 눌렀다. 모니터 속 한 중년 남성이 비데 원리를 설명하며 자기 손가락 주름에 낀 초코 시럽을 닦아내는 순간 탕탕탕탕— 누군가 밖에서 문을 두드렸다.

*

이수는 도화가 현관문을 열어주자마자 앞으로 고꾸라졌다. 몸통 반은 현관에 나머지는 부엌에 걸치고였다. 도화는 팔짱을 낀 채 이수를 내려다봤다. 구겨진 양복 앞섶에 토사물 말라붙은 게 보였다. 도화가 현관에 쪼그려앉아 이수 신발부터 벗겼다. 사 년 전, 이수가 부동산 컨설팅 회사에 들어갔을 때 자신이 선물한 감색 구두였다. 도화가 이수 팔을 머리 위로 길게 늘어뜨린 뒤 거실 쪽으로 잡아당겼다. 여자친구 손에 잡혀 무력하게 질질 끌려가던 이수가 눈을 감은 채 피식피식 웃었다. 도화는 이수 목에 쿠션을 받치고, 안방에서 극세사 담요를 가져와 이수에게 덮어줬다. 그러곤 이수 호흡이 고르고 평온해지는 걸 지켜봤다. 도화는 이수 옆에 비스듬히 누워 오랜 연인의 잠든 얼굴을 뚫어져라 바라봤다. 헤어지더라도 잊어버리지는 않겠다는 듯. 담요 끝에 빠져나온 실밥 한 올이 이수 날숨을 따라 파르르 떨렸다 꺾인 뒤 다시 날렸다.

두 사람은 팔 년 전 노량진 강남교회에서 처음 만났다. 귀가 떨어져나갈 것같이 춥던 어느 날, 무려 평일 아침 일곱시 무렵이었다. 강남교회는 노량진 수험생들에게 밥을 나눠주기로 유명했다. 도화와 이수는 둘 다 종교가 없지만 그날 같은 무게의 흰색 뷔페용 플라스틱 그릇을 들고 같은 줄에 서 있었다. 그래서 도화는 이수를 처음 만난 순간을 기억할 때마다 꽃냄새, 바람 냄새가 아닌 습기 찬 식당을 가득 메운 압도적인 밥냄새, 설렁 끓인 된장국과

깍두기 냄새를 떠올리곤 했다. 교회에 밥 먹으러 오는 사람 중 서로 인사를 나누는 이는 거의 없었다. 다들 자기 그릇에 고개를 묻고 교재만 봤다. 도화 역시 그날 귀에 이어폰을 꽂은 채 식탁 맨 가장자리에 앉아 있었다. '간통' '폭행' '강도' 등 영단어가 적힌 인쇄물을 보며 된장국을 떴다. 혹 암기력을 떨어뜨리지 않을까 걱정돼 실은 아무 음악도 듣고 있지 않던 도화에게 먼저 말을 건 쪽은 이수였다. 도화는 한쪽 귀에서 이어폰을 빼며 '방금 전 무슨 말씀 하셨느냐'는 듯 태연하게 이수를 올려다봤다.

— 여기 앉아도 되냐고요.

도화가 천천히 고개를 끄덕였다. 그러곤 '경찰 영어 단어 총 정리, 범죄 편' 위로 다시 시선을 떨구었다.

도화는 잘 개어놓은 수건처럼 반듯하고 단정한 여자였다. 도화는 인내심이 강했고, 인내심이 강했기 때문에 쾌락이 뭔지 알았다. 그리고 이수는 도화의 그런 몸을 사랑했다. 무뚝뚝한 도화의 살갗 위로 수건 올이 살아나듯 오스스 소름이 돋아날 때 이수는 기쁘고 다급했다. 도화 역시 이수의 담백하게 마른 몸과 은은한 막걸리 향이 나는 겨드랑이, 장난으로 살짝 건드리기만 해도 금방 딱딱해지는 팥알만한 젖꼭지를 좋아했다. 이수는 제대 후 곧장 공무원 시험에 몰두했다. 반면 도화는 체대 졸업 후 구립 스포츠센터에서 수영 강사로 일하다 뒤늦게 경찰공무원 시험에 응시한 경우였다. 노량진에 머문 이 년 동안 도화는 자투리 시간도 허투루 쓰지 않았다. 자신에게 주어진 시간을 수건 개듯 잘 접어 썼다. 필기 공부는 물론이거니와 오전에 두 번, 오후에 두 번, 한 세트에 열다섯 번씩 악력기로 손힘을 키웠고, 집중력이 떨어질 땐 여성 전용 독서실 휴게실에서 물구나무서는 일도 서슴지 않았다. 그리고 이런 도화의 완고함은 독서실 안에서 종종 놀림거리가 됐다.

재수 끝에 도화가 합격증을 받아든 건 스물아홉 때였다. 그해 여름 이수는 7급 공무원 시험에 떨어졌다. 도화를 만나기 전 이미 두 차례 낙방한 경험이 있지만 처음에는 이수도 크게 낙담하지 않았다. 선배들이 '원래 7급이나 5급은 삼 년은 기본으로 깔고 가는 거'라기에 그냥 그런 줄 알았다. 그런데 그게 사 년, 오 년을 넘어가자 어느 순간 초조해지기 시작했다. 도화가 경찰공무원 시험에 합격한 뒤에도 이수는 혼자 노량진에 남아 공부했다. 도화를 만나기 전 이 년, 도화와 함께 이 년, 도화가 떠난 뒤 이 년 도합 육 년이니 이수로서는 할 수 있는 데까지 해보고, 갈 수 있는 데까지 가본 뒤 손을 털고 나온 셈이었다.

이수가 공부를 그만둔 계기는 '도화'였다. 이수는 도화가 '어디 가자' 할 때 죄책감 없이 나서고, 친구들이 '놀자' 할 때 돈 걱정 없이 나가고 싶었다. 하지만 그런 건 사소한 갈등에 속했다. 당시 이수를 가장 힘들게 한 건 도화 혼자 어른이 돼가는 과정을 멀찍이서 지켜보는 일이었다. 도화의 말투와 표정, 화제가 변하는 걸, 도화의 세계가 점점 커져가는 걸, 그 확장의 힘이 자신을 밀어내는 걸 감내하는 거였다. 게다가 도화는 국가가 인증하고 보증하는 시민이었다. 반면 자기는 뭐랄까, 학생도 직장인도 아닌 애매한 성인이었다. 이 사회의 구성원이되 아직 시민은 아닌 것 같은 사람이었다. 입사 초 수다스러울 정도로 조직생활의 어려움을 토로하던 도화가 어느 순간 자기 앞에서 더이상 직장 얘길 꺼내지 않는다는 사실을 깨달은 뒤 이수는 모든 걸 정리하고 노량진을 떠났다. 한 시절과 작별하는 기분으로 뒤도 안 돌아보고. '뒤도 안 돌아보기' 위해 이를 악물며 1호선 상행 열차에 몸을 실었다.

그뒤 이수는 몇몇 직장의 인턴 자리를 전전하다 부동산 컨설팅 회사에 들어갔다. 진입 장벽이 낮은 대신 실적 압박이 커 스트레스가 심한 곳이었다. 처음 만난 사람에게 거절과 모욕, 하대를 당할 때마다 이수는 자신이 '있을 뻔한 곳' '있어야 했던 곳'을 쳐다봤다. 그늘진 얼굴로 자기 인생이 어디서부터 어긋난 건지 복기했다. 물론 공부를 접어 좋은 점도 있었다. 적어도 욕망, 그러니까 무언가 입고 먹고 쓰는 데 관대해져도 됐으니까. 하지만 그 '자유'에 익숙해지기까지 연습이 필요했다.

—몇시야?

이수가 미간을 찡그리며 물었다.

—세시.

—밖에 눈 와?

—아니.

—그런데 왜 이렇게 어두워?

—눈이 아니라 먼지야. 미세먼지.

이수가 한 손으로 윗배를 움켜쥐었다.

—아우, 속 쓰려.

여느 때라면 애정 어린 잔소리와 함께 물을 갖다줬을 도화가 그
늘진 표정을 지었다.

—이수야.

—어?

—오늘 우리 나가지 말자.

—갑자기 왜?

—그냥. 밖에 공기도 안 좋고. 귀찮아.

—어제 내가 술 먹고 늦게 들어와서 화났어?

—아니 너 컨디션도 안 좋은 것 같고.

—아냐, 나 나갈 수 있어. 얼른 씻을게. 오늘 너랑 맛있는 거 먹
고 싶어.

도화가 입술을 몇 번 달싹이다 "정 그러면 집에서 피자나 시켜

먹자"고 했다.

—그러지 말고 우리 나가서 좋은 거 먹자. 나 돈 생겼어.

—돈?

—어, 원덕이가 사회비로 오십이나 넣었더라.

—오십이나? 그럼 그걸로 너 옷 사 입어. 만날 옷 없다고 투덜대잖아. 뭣하면 저금하든가.

—아냐, 이런 돈은 그냥 써버려야 해. 우리 뭐 먹을까? 광어 먹을까? 우럭? 아, 둘 다 시켜도 되겠다.

이수가 욕실에서 씻는 동안 도화는 문자메시지를 한 통 받았다. 위층 사는 주인아주머니로부터 온 거였다. 도화는 용건도 확인하기 전에 몸이 굳었다. 이사를 자주 다닌 세입자의 몸이 알아서 반응한 거였다. 도화는 요 며칠 이수 모르게 혼자 살 집을 알아보고 다녔다. 이 집 계약 기간이 끝나면 이수에게 보증금의 일부인 오백만원도 돌려줄 생각이었다. 그런데 윗집에선 무슨 일로 보자는 걸까. 심란한 얼굴로 이런저런 가능성을 재며 계단을 올랐다. 그런데 주인아주머니가 전혀 예상 밖의 말을 꺼냈다. '내년 봄에 우리 아들이 결혼하는데, 아들 내외가 이 집에서 함께 살게 됐으니 조만간 방을 비워달라'는 요지의 말이었다. 그러곤 정산은 어떻게 하면 좋은지, 남은 보증금에서 삼 개월 치 월세를 빼고 주면 되겠느냐고 물었다.

—월세요?

도화가 눈을 둥그렇게 뜨고 물었다. 주인아주머니는 올 초 이수
가 보증금 일부를 돌려받으며 전세를 반전세로 돌렸다고 했다. 집
장사 하는 입장에서 요즘같이 금리가 낮을 때 반전세를 마다할 이
유는 없었노라고.

—얼마나…… 가져갔는데요?

—응. 천만원. 거기서 일 년 치 월세 미리 까고 팔백오십 가져
갔어.

—……

—신랑이 말 안 해?

—……

—아이고, 정말 몰랐나보네. 거기 인감이랑 신분증 가져와서
나는 색시도 다 아는 줄 알았어.

*

노량진역 주위는 안개가 자욱했다. 도화와 이수는 지하철역과
이어진 습하고 어둑한 복도를 지나 육교에 올랐다. 군데군데 페인
트칠 벗겨진 다리 아래로 수산시장 풍경이 한눈에 들어왔다. 다닥
다닥 붙은 상점 위에 일렬로 죽 늘어선 둥근 조명이 휘영청했다.
두 사람 다 노량진에 그렇게 오래 머물렀건만 수산시장에 온 건

처음이었다. 진작 가라앉은 기분과 별개로 도화는 그 생생하고 떠들썩한 풍경에 잠시 마음을 뺏겼다. 사방에 꿈틀대고 펄떡이고 부글거리는 생물이 가득했다. 손님들 눈높이에 맞춰 비스듬히 세워놓은 좌판을 비롯해 계단식 수조, 얼음 담긴 스티로폼 상자와 붉은 대야에 각종 어패류와 갑각류가 바글댔다. 도마 위의 온갖 생선이 힘차게 허리 틀며 피를 뿜어댔다. 그렇지만 흥분도 잠시, 이수가 목적지를 찾지 못해 같은 자리를 연거푸 빙빙 돌자 도화는 그만 짜증이 나고 말았다.

　―전화해봤어?

　―그게 미리 연락하고 가면 괜히 부담 줄 것 같아서.

　―그래도 오늘 같은 날엔 예약했어야지. 크리스마스잖아.

　이수가 머뭇대다 휴대전화를 꺼냈다. 그러곤 주머니 속 명함을 꺼내 더듬더듬 번호를 찍은 뒤 통화 단추를 눌렀다.

　―왜 그래?

　―어?

　―표정이 왜 그러냐고.

　―어, 그게…… 없는 번호라는데?

　이수는 같은 구역을 두 번 더 돌았다. 도화의 얼굴은 이미 굳을 대로 굳어 있었다.

　―어? 이상하다, 여기가 맞는 것 같은데?

이수가 도화의 기분을 살피다 마지못해 근처 상인에게 지리를 물었다. 비닐 앞치마 차림에 고무장화를 신은 사내가 명함 쥔 손을 길게 뻗어 찌푸린 눈으로 약도를 살폈다. 그러곤 이내 "아, 청해수산?" 하고 반색했다. 동시에 이수의 얼굴에 살짝 희망과 안도가 스쳤다.

─여기가 거기여.

─네?

─이 집이 그 집이라고.

사내가 고갯짓으로 '남해수산'이라 적힌 자기네 간판을 가리켰다.

─전의 사장님하고 아는 사이신가?

이수는 대답 대신 복잡한 표정을 지었다. 사내는 얼마 전 자신이 청해수산을 인수했다고 했다. 전 사장이 뭐가 잘 안 풀렸는지 급히 떠나는 분위기였다고.

─이 집 찾은 거면 잘 찾아오셨네. 이왕 온 거 여기 거 드세요. 내 잘해드릴게.

집에서 출발할 때부터 자기만의 생각에 빠져 흥정에 별 관심 없는 도화와 달리 이수는 갈등했다. 이수는 천천히 다른 곳도 좀 둘러보고, 스마트폰으로 가격을 비교한 뒤 에누리 요령을 익혀 거래하고 싶었다. 그렇지만 시장을 몇 바퀴 더 돌자 하면 도화가 폭발할 것 같았다.

—저건 뭐예요?

—이놈이요?

—예.

—돔이에요.

—돔이요?

—예, 줄돔.

이수는 살짝 긴장했다. 줄돔이 정확히 어떤 생선인지 몰라도 무척 비싸다는 것 정도는 알고 있었다. 사내가 장사꾼 특유의 순발력으로 재빨리 끼어들었다.

—두 분이 드시게?

—아, 네.

이수가 저도 모르게 고개를 끄덕였다. 그렇지만 그게 꼭 사겠다는 뜻은 아니었다.

—그런 건 얼마나 해요?

—달아봐야 알죠. 킬로당 십만원 좀 넘는데 내 오늘 손님한테는 특별히 구만원에 해드릴게.

이수가 눈을 빠르게 깜빡였다. 그러곤 방금 전 마음을 사내에게 들켰을까 신경썼다.

—돔이 요새 제철인가요?

사내가 잠시 머뭇대다 '잡히기는 여름에 많이 잡히는데, 맛은 겨울이 낫다'고 했다.

—아이고, 아무렴 어때. 뭐든 맛있게 먹을 때가 제철이지. 안 사도 되니까 한번 달아나보세요.

　빨리 이곳을 벗어나야 한다는 생각과 달리 이수는 자기도 모르게 고개를 끄덕이고 말았다. 달아보고 안 사면 못 사는 게 아니라 안 사는 것처럼 보이지 않을까. '구매의 제스처'를 취하고 싶었다. 혹 손님 마음 바뀔까 사내가 후다닥 뜰채를 쥐었다. 그러곤 능숙하게 줄돔 한 마리를 건져 녹색 저울 위에 올렸다.

　—어디 보자. 삼 킬로그램 조금 안 되니까······ 이십오만원 주시면 되겠네.

　이수가 잠시 멈칫했다. 킬로당 구만원이라 할 땐 실감 못했는데 한 접시에 이십오만원이란 얘길 들으니 머리가 띵했다.

　—내 산낙지 두어 마리 같이 넣어드릴게.

　도화는 '어차피 안 살 거면서' 이수가 왜 주저하는지 알 수 없었다. 그런데 그때 이수가 깜짝 놀랄 말을 했다.

　—주세요, 그거.

　도화가 이수 팔을 잡아당기며 조그맣게 속삭였다.

　—미쳤어?

　—그걸로 할게요.

　사내가 거래를 서둘렀다.

　—댁에 가져가시게?

　—아니요, 근처에서 먹을 거예요.

사내의 움직임에 흥과 속도가 붙었다. 사내가 뜰채를 뒤집자 상처 하나 없이 깨끗한 생선이 시멘트 바닥 위에서 세차게 허리를 틀었다. 비둘기색 몸통 위에 검정 줄무늬가 산뜻했다. 사내가 작업대에 생선을 누인 뒤 칼로 배를 갈랐다. 대범한 듯 조심스레 내장을 제거하고 살을 발랐다. 이수는 존경심과 두려움을 느끼며 사내가 작업하는 모습을 지켜봤다.

—머리랑 내장도 드려요?

—네, 주세요.

귀한 생선이라 그런지 사내가 줄돔 껍질 하나 버리지 않고 일회용 접시에 올렸다. 이수는 자신이 지금 살짝 흥분했다는 걸 알았다. 먹는 데 이렇게 큰돈을 써보긴 처음이었다. 가슴이 쿵쾅댔지만 한편으론 이까짓 게 무슨 대수인가 싶었다. 아파트도 자동차도 아닌 고작 생선 한 마리인데. 물론 이수는 알고 있었다. '고작 생선 한 마리'가 자신의 한 달 생활비인 적도 있다는 걸. 실은 그보다 적은 돈으로 겨울을 나고 여름을 건넌 적도 있다는 걸. 도화는 모든 걸 포기한 듯 부루퉁한 얼굴로 어느새 한 걸음 물러서 있었다. 사내가 검은 봉지를 내밀자 이수가 낡은 오리털 점퍼 안주머니에서 흰 봉투를 꺼냈다. 공들여 만원짜리 지폐를 세는 이수 손끝에 죄책감과 설렘이 동시에 어렸다.

두 사람은 한 손에 검은 봉지를 들고 어둑한 골목 안으로 들어갔다. 수산시장에 흔한, 상차림 비용과 술값만 따로 받는 식당을 찾아서였다. 어디 갈까 잠시 갈등하다 두 사람은 그냥 남해수산 사장이 추천해준 가게에 갔다. 그러곤 신을 벗고 홀 안에 들어선 순간부터 정신을 차리지 못했다.

두 사람은 어안이 벙벙한 얼굴로 종업원의 안내에 따라 홀 중앙에 앉았다. 테이블 간격이 몹시 좁은데다 앞, 뒤, 옆 사방이 취객들로 가득한 자리였다. 주위를 둘러보니 족히 이삼백 명은 넘어 보이는 이들이 너른 홀에 앉아 일제히 무언가를 씹고 삼키며 시끄럽게 떠들고 있었다. 도화와 이수가 자리에 앉자 테이블 위로 순식간에 개인 접시와 수저, 양념장이 놓였다. 상추와 당근, 풋고추가 담긴 작은 바구니도 빠지지 않았다. 테이블 위론 반투명 비닐이 깔려 있었다. 곧이어 두 사람이 산 줄돔회가 스티로폼 접시에 가지런히 담겨 나왔다. 방금 전 막 숨이 끊긴 생선 대가리가 넋이 나간 얼굴로 허공을 응시하고 있었다. 이수가 애써 침착한 표정으로 작은 간장 그릇에 고추냉이를 풀었다. 생와사비면 더 좋았을 텐데. 이십오만원짜리 회라면 의당 그래야 하지 않나. 아쉽고 섭섭한 마음을 누르며 젓가락을 놀렸다.

─이거 먹어봐.

이수가 도화 쪽으로 손을 뻗으며 다감하게 말했다. 도화는 자기 개인 접시 위에 놓인 도톰하고 반투명한 살점을 잠시 바라봤다.

이수가 회 한 점을 집어 입에 넣었다. 자신의 선택에 실망하지 않으려 오물오물 신중하게 생선맛을 살폈다.

—……괜찮네.

이수가 어색하게 고개를 끄덕였다. 엄청 놀랄 만한 맛은 아니나 다른 생선보단 확실히 쫄깃했다.

—그렇네.

도화도 천천히 턱관절을 움직였다. 두 사람은 이런 소비가 꽤 익숙한 사람인 양 굴었다.

—여기요! 처음처럼 한 병 주세요.

도화가 평소 입에 대지 않는 술을 다 시켰다.

—괜찮아?

—응. 한 잔 정도는.

—내일 방송 있잖아?

도화가 어깨를 으쓱했다.

—괜찮아. ……크리스마스잖아.

이수 옆의 한 사내가 갑자기 언성을 높였다.

—여기요! 아니, 여기요, 여기!

이수가 옆 사내를 티 나지 않게 의식하며 도화 잔에 소주를 따랐다. 사내는 '아까부터 유리컵 바꿔달라는 얘기를 몇 번이나 했는데 여태 소식이 없느냐'며 아직 소년티를 못 벗은 종업원을 나무랐다. 종업원은 무표정한 얼굴로 '죄송하다' 사과한 뒤 돌아

서며 중국말로 뭐라 작게 중얼댔다. 확신할 순 없으나 아무래도
욕 같았다. 이 모습을 눈여겨본 이수가 도화에게 친근하게 속삭
였다.

　―요즘은 참 어디 가도 이방인 천지다, 그렇지?

　도화가 형식적으로 고개를 끄덕였다. 이수는 문득 이상한 기분
이 들었지만 이런 때일수록 싱거운 말로 재빨리 불길함을 헹궈내
야 한다는 걸 알았다.

　―어제 태안 가는 버스에도 외국인 많더라.

　―전세버스에?

　―아니, 고속버스에. 나 사회 봐야 해서 좀 일찍 내려갔거든.
그런데 거기 몽골인가? 우즈베키스탄인가? 중앙아시아 쪽 사람들
로 보이는 남자들이 있더라고. 한국에 일하러 온 사람들 같았어.

　―당진에 공장 많으니까.

　―어. 근데 그 사람들, 가는 내내 너무 시끄러운 거야. 하필 내
앞뒤로 앉아 자기네 나라말로 막 떠들고. 나중에는 잠도 못 자겠
고 피곤하더라고.

　도화가 남해수산에서 서비스로 준 산낙지 한 토막을 집어 기름
장에 담갔다.

　―조용히 해달라고 하지 그랬어.

　맨살에 소금이 닿은 낙지가 심하게 몸을 틀었다.

　―왠지 말도 안 통할 것 같고. 거기 머릿수가 많아 내가 참았

어. 그런데 있지, 어느 순간 약속이라도 한 듯 버스 안이 갑자기 조용해지더라?

—왜?

이수가 극적 효과를 노리듯 잠시 뜸을 들였다.

—바다가 나왔거든.

—······?

—막 서해대교 지나는데 아스라한 잔물결이 반짝반짝해. 대륙 사람들은 바다 볼 기회가 별로 없지 않나? 몇몇은 아예 창가로 자리를 옮겨 심각한 표정으로 바다만 보더라고. 스마트폰으로 사진도 찍고. 가족 생각이 나는지 뭐가 그리운지 서로 한마디도 안 해. 그런데 이게 그냥 고요가 아니라 엄청나게 시끄럽던 와중에 들이닥친 고요라 되게 인상적이었어.

도화가 젓가락으로 산낙지를 뒤집으며 대꾸했다.

—그랬겠네.

이수 얼굴에 설핏 실망감이 스쳤다. 도화가 자기 잔에 다시 술을 따랐다. 이수가 만류하려다 괜히 잔소리처럼 들릴까봐 말을 돌렸다.

—회 더 안 먹어?

—좀 질리네.

—아······ 그렇지? 우리 둘이 먹기엔 양이 좀 많지?

사실 이수도 진작 배가 찼지만 남은 살점을 꾸역꾸역 위 속에

밀어넣고 있었다.

—그래도 이 비싼 걸 매운탕에 넣을 순 없지. 도화야, 좀더 먹어봐. 억지로라도 먹어.

도화가 무덤덤한 얼굴로 세번째 잔을 들이켰다.

—이수야, 우리 만난 지 팔 년 됐나?

—그럼, 거의 십 년 됐지.

도화가 이수와 눈을 마주치지 않은 채 아주 작은 목소리로 중얼거렸다.

—십 년이면 얼추 개 수명하고 비슷하다.

이수가 온몸에 전깃줄을 친친 감은 크리스마스트리처럼 환하게 웃었다. 불안할 때 반사적으로 나오는 행동이었다.

—아까 주인아주머니 만났어.

그때서야 이수는 모든 걸 이해했다는 듯 혼자 고개를 끄덕였다.

—그 돈으로 뭐했어?

도화가 짐짓 예의를 차렸다.

—집에서 필요하대?

이수가 고개를 저었다.

—누가 아프셔?

이수는 한번 더 도리질했다.

—설마 게임한 건 아니지?

이수가 처음으로 도화 눈을 똑바로 쳐다봤다. 깊은 눈망울 속에 수치심과 서운함이 엉겨 흔들렸다.

─금방 돌려놓을게.

도화가 너그럽고 가혹한 투로 물었다.

─올해 초 일이잖아?

─그러니까 빠른 시일 안에. 꼭 메워놓을게.

─아니, 안 그래도 돼.

─어?

─나 요즘 혼자 살 집 알아보고 있어. 그러니까 너도……

이수는 다급하고 무서워졌다.

─도화야.

─돈은…… 천천히 줘도 돼. 내년 3월까지 집 비워달라니까 그
사이 짐 정리해줬으면 좋겠어.

─도화야, 미리 말 못한 거 미안해. 내가 다 설명……

도화가 아무 말도 듣고 싶지 않은 듯 고개를 돌렸다. 그런데 그
때 누군가 이수에게 다가와 알은체를 했다.

─어, 형!

이수 얼굴에 당황한 기색이 어렸다.

─형, 여기 웬일이세요?

─아, 명학씨.

도화는 방금 전 분위기도 그렇고, 모르는 사람과 인사하고 싶지
않아 눈을 내리깔았다.

—이번주에 왜 안 나오셨어요? 올해 마지막 스터디라 다들 기다렸는데.

　도화가 고개 들어 이수 얼굴을 봤다. 이수는 시선을 피했다. 명학이 그때서야 '누구?' 하는 얼굴로 도화를 슬쩍 바라봤다. 명학의 서글서글한 눈에 선의와 호기심이 가득했다. 도화는 속으로 '아직 덜 실패한 눈……'이라 중얼거렸다. 오래전 저 눈과 비슷한 눈을 가진 사람을 본 적 있다고. 자신도 가져본 적 있는 눈이라고 생각했다. 둘 사이의 미묘한 기운을 감지한 명학이 눈치 빠르게 자리를 정리했다.

　—아, 제가 두 분 데이트를 방해했네요. 마저 말씀 나누세요. 올해 형 도움 정말 많이 받았어요. 1월 첫 주에는 스터디 나오실 거죠? 그때 기출문제집 돌려드릴게요. 고마워요, 형. 저 그 말 드리려고 왔어요.

　이수가 명학을 천천히 올려다봤다. 그러곤 고개를 끄덕이며 웃는 듯 우는 듯 기이하고 서글픈 미소를 지었다. 명학이 자리를 뜬 뒤 긴 침묵을 깨고 먼저 입을 연 건 도화였다.

　—회사는?

　—관뒀어.

　—매일 양복 입고 다시 노량진 간 거야? 일 년 동안?

　이수가 투명한 술잔 바닥을 응시했다.

　—왜 그랬어?

이수가 무언가 말할 듯 말 듯 입술을 떨었다.

─왜 말 안 했어?

─……마지막이니까.

─뭐?

─아무에게도 말하지 않아야, 내가 나 자신에게 마지막이라 말할 수 있을 것 같았으니까.

─……

─그런데 이번에는 왠지 느낌이 좋아. 잘될 거 같아. 사 년 전에도 마지막이라고 말했지만 이번에는 정말 마지막이야. 그러니까, 도화야, 조금만 기다려줘. 정말 딱 한 번만. 내년 여름까지만 부탁할게.

도화가 침착한 얼굴로 이수를 바라봤다. 오래전, 이수가 현관을 나설 때면 '저 사람 저대로 사라져버리면 어쩌지, 길 가다 교통사고라도 당하면 어떡하지' 가슴이 저렸던 기억이 났다.

─이수야.

─응.

─나는 네가 돈이 없어서, 공무원이 못 돼서, 전세금을 빼가서 너랑 헤어지려는 게 아니야.

─……

─그냥 내 안에 있던 어떤 게 사라졌어. 그리고 그걸 되돌릴 수 있는 방법은 없는 거 같아.

—……

　잔을 쥔 이수 손이 가늘게 떨렸다. 시간이 지날수록 식당 안으로 손님이 꾸역꾸역 계속 밀려들어왔다. 식당 한쪽에선 군인 모자를 쓴 노인들이 불콰해진 얼굴로 노래를 부르고, 그 옆에선 수험생 무리가 요란하게 건배했다. 매운탕이 펄펄 끓는 가스버너 주위로 아이들이 비명을 지르며 뛰어다니고, 벽에 걸린 대형 티브이에 나온 새터민은 북한 체제를 비판하고 있었다. 고요한 밤, 거룩한 밤. 누군가 찾아온대도 안개에 가려 결코 못 알아볼 것 같은 밤. 수백 명이 왕왕거리는 횟집에서, 모두 소리 높여 떠드는 가운데 아무 말도 않는 사람은 이수와 도화 둘뿐이었다.

*

　12월 26일 미세먼지 농도는 '나쁨' 수준으로 내려갔다. 도화는 교통안전과 종합교통정보센터로 출근해 옷을 갈아입은 뒤, 밤새 누적된 교통정보를 분석하고 방송 대본을 준비했다. 도화의 큰언니뻘 되는 박경사가 도화를 보자마자 "얼굴이 왜 그래?" 물었으나 도화는 그냥 피식 웃고 말았다. 시민들이 가장 많이 듣는 일곱시대 방송은 최경위가, 그다음 여덟시대 꼭지는 박경사가 진행했다. 도화는 아홉시 오십오분 프로그램을 담당했다. 세 사람은 돌아가며 서로 방송을 도왔다.

생방송 오 분 전, 도화는 미지근한 물로 입을 적신 뒤 카메라 앞에 섰다. 그러곤 여느 때처럼 옷매무새를 매만지고 "흠, 흠" 성대를 푼 뒤 큐 카드를 확인했다. 군청색 카드 뒷면에 박힌 노란 참수리가 매섭고 늠름한 표정으로 앞쪽을 노려봤다. 이윽고 최경위가 도화에게 큐 사인을 보냈다. 도화가 밝고 건전한 미소를 지으며 입을 열었다.

─오십오분 교통정보를 알려드리겠습니다. 오늘 교통량은 적으나 대기가 뿌옇습니다. 안개와 먼지가 뒤엉켜 가시거리가 짧으니 자동차 전조등을 밝게 켜시기 바랍니다. 이어서 노량진……

짧은 사이 도화는 잠시 말을 잇지 못했다. 대부분 알아채지 못한 실수였으나 방송 베테랑 최경위만은 심상찮은 눈으로 도화를 주시했다. 도화는 노량진이라는 낱말을 발음한 순간 목울대에 묵직한 게 올라오는 걸 느꼈다. 단어 하나에 여러 기억이 섞여 뒤엉키는 걸 알았다. 서울시 동작구 노량진동 안에서 여러 번의 봄과 겨울을 난, 한 번도 제철을 만끽하지 못하고 시들어간 연인의 젊은 얼굴이 떠올랐다. 교회 식당에서 "도화씨가 좋아하는 거 같아 잔뜩 집어왔어요"라고 말하며 흰색 플라스틱 그릇 위에 가득 쌓인 동그랑땡을 자랑하던 모습과 옆면이 새카매진 한국사 교재, 베갯잇에 묻은 흰 머리카락, 눈가 주름, 살냄새 그런 것이 밀려왔다. 한겨울, 도화가 오들오들 떨며 현관문을 열면 따뜻한 두 손으로 언 귀를 녹여주던 모습과 여름이면 도화 쪽으로 바람이 더 가도록 선풍기 각도를 조절해주던 이수의 옆얼굴도. 그때서야 도화는 어제 오후, 주인아주머니를 만난 뒤 자신이 느낀 게 배신감이 아니라 안도감이었다는 걸 깨달았다. 마치 오래전부터 이수 쪽에서 먼저 큰 잘못을 저질러주길 바라왔던 것마냥. 이수는 이제…… 어디로 갈까? 도화가 목울대에 걸린 지난 시절을 간신히 누르며 마른침을 삼켰다. 그리고 최경위가 나서기 전 재빨리 말을 이었다. 교통방송 때 늘 하는 말, 도화가 신뢰하는 말, 과장도, 수사도, 왜곡도 없는 문장을 풀어냈다.

―노량진역에서 노들역 방향 사이 승용차 추돌 사고가 있었습니다. 하지만 현재 사고 정리가 모두 끝난 상태라 양방향 모두 교통 상황 원활합니다.

도화 등뒤로 펼쳐진 스크린 화면에 올림픽대로를 비추는 시시티브이 영상이 크게 떴다. 그런데 그때 카메라 렌즈 위로 웬 비둘기 한 마리가 날아와 화면을 가렸다. 모니터에 도로 위 풍경 대신 비둘기의 희끗희끗한 날개가 환영처럼 아른댔다. 시시티브이 카메라가 비둘기를 쫓으려 도리질하듯 고개를 흔들었다. 도화는 잠시 그 모습을 멍하니 바라보다 다음 소식을 전하기 위해 카드 위로 시선을 떨구었다. 더이상 고요할 리도, 거룩할 리도 없는, 유구한 축제 뒷날, 영원한 평일, 12월 26일이었다.

침묵의 미래

나에게는 오래된 이름이 있다. 그 이름은 길다. 그 이름을 다 부르기 위해서는 누군가의 평생이 필요하다. 어떤 이는 그것도 너무 짧은 기간이라 말한다. 몇백 혹은 수천 년 동안 한 번도 쉬지 않고 불러야 겨우 호명할 수 있을 거라고. 그런데도 누가 정말 그걸 다 불렀다면 그때 그가 발견하는 건 내 이름의 길이가 배로 늘어났다는 사실일 거라 말한다. 내 이름을 듣고 나도 내 이름을 잊었다. 내 이름이 궁금할 적마다 나는 내 이름이었거나 내 이름의 일부였을지 모를 기억을 더듬는다. 그러면 어렴풋이 몇몇 단서가 떠오른다.

나는 누구일까. 그리고 몇 살일까.

태어나 내가 처음으로 터뜨린 울음, 어쩌면 그게 내 이름이었을지 모른다. 죽기 전, 허공을 향해 알 수 없는 말을 내뱉은 어떤 이의 절망, 그것이 내 얼굴이었을지 모른다. 복잡한 문법 안에 담긴 단순한 사랑, 그것이 내 표정이었는지 모른다. 범람 직전의 댐처럼 말로 가득차 출렁이는 슬픔, 그것이 내 성정이었는지 모른다. 나는 내 이름을 못 왼다. 하지만 내가 누구인지 설명할 순 있다. 당신이 누구든 내 말은 당신네 말로 들릴 것이다.

나는 오늘 태어났다. 그리고 곧 사라질 것이다. 우리는 모두 공평하게 하루씩 산다. 노인으로 태어나 하루 더 늙은 뒤 노인으로 죽는다. 그 하루는 어느 종種의 역사만큼 길며, 그 종의 하품만큼 짧다. 우리는 태어나자마자 우리의 이력을 단숨에 학습한다. 전생前生으로 태어나 전생으로 죽는다. 우리가 우리의 고유한 단어를 발음하면, 저멀리 심연으로부터 여러 개의 시간이 물수제비뜬 듯 퐁, 퐁, 퐁 하고 단번에 뜀박질해 다가온다. 시공時空이 밀려온다. 아마 당신네 말도 그럴 것이다. 그것이 오래된 말이기만 하다면, 그렇다면.

나는 누구일까. 그리고 몇 명일까.

나는 이 세계에서 하나의 언어가 사라진 순간, 그 말에서 빠져나온 숨결과 기운들로 이뤄진 영靈이다. 나는 커다란 눈[目]이자 입[口], 하루치 목숨으로 태어나 잠시 동안 전생을 굽어보는 말[言]이다. 나는 단수이자 복수, 안개처럼 하나의 덩어리인 동시에 각각의 입자로 존재한다. 나는 내가 나이도록 도운 모든 것의 합, 그러나 그 합들이 스스로를 지워가며 만든 침묵의 무게다. 나는 부재不在의 부피, 나는 상실의 밀도, 나는 어떤 불빛이 가물대며 버티다 훅 꺼지는 순간 발하는 힘이다. 동물의 사체나 음식이 부패할 때 생기는 자발적 열熱이다.

나는 누구일까. 그리고 어디 살까.

나는 구름처럼 가볍고 바람처럼 분방해 시시각각 어디로든 이동한다. 그러다 나와 비슷한 것과 쉽게 결합한다. 다른 영과 만나 몸을 섞는다. 몸을 불려 지상에 그림자를 드리운다. 그 그늘로 단어에 수의壽衣를 입힌다. 나는 시원이자 결말, 미지이자 지, 거의 모든 것인 동시에 아무것도 아닌 노래다. 나는 이렇게밖에 나를 설명하지 못한다. 다른 부족의 몇몇 문법을 빌려 말한대도 마찬가지다. 우리에겐 뚜렷한 얼굴이나 몸통이 없다. 그렇지만 우리는 우리가 누구인지 안다.

오늘 나는 세상에 단 하나뿐인 언어로 얘기하다 하나뿐인 죽음을 맞이한 누군가를 떠났다. 그는 후두암에 걸린 노인이었다. 그리고 검은 피부에 놀라우리만치 희고 무성한 속눈썹을 가지고 있었다. 그의 목울대에는 조그마한 구멍이 나 있었다. 그는 그 구멍으로 말했다. 그 작고 둥근 기관이 나의 마지막 집(家)이었다. 물론 나는 그의 가슴이나 머리, 눈동자 속에도 머물렀다. 하지만 그의 호흡과 근육, 의지를 빌려 바깥을 쏘다녀야 나답게 움직일 수 있었다. 빈번히 오염되고 타인과의 교제에 자주 실패해야 건강해질 수 있었다. 물론 가끔 회복될 수 없는 실패도 있었지만. 내가 아는 한 그런 일을 겪지 않은 영은 없었다. 어릴 때 그는 달리기를 잘하는 소년이었다. 소년의 꿈은 자신의 두 다리로 할 수 있는 한 가장 먼 데까지 가보는 거였다. 훗날 그는 정말 그 일을 해냈다. 그런 꿈을 품은 지 정확히 이십 년이 흐른 뒤였다. 그렇지만 그때, 그로부터 가장 멀리 떨어진 곳은, 며칠간 뛰고 걷고 다시 달리길 반복해 그가 마침내 도착한 곳은…… 그의 고향이었다. 그는 아흔두 살의 나이로 생을 마감했다. 그리고 숨을 거두기 전, 마지막으로 꼭 할말이 있다는 듯 허공에 가쁜 숨을 토해냈다. 하지만 그의 말을 알아듣는 이는 아무도 없었다. 그 말의 유일한 화자이자 청자가 바로 자신이었기 때문이다. 노인이 목에 낀 보조 장치에서 연신 불안정하고 괴상한 기계음이 났다. 같은 언어권 사람이라도 고도의 집중력을 발휘해야 알아들을 수 있는 소리였다. 그는 주파수가 잘못 잡힌 라디오처럼 연신 지지직댔다. 하지만 자신이 하는 말을 온전히 이해하고 있었다. 눈감기 전, 그는 자기 말을 알아듣는 누군가가 한 명쯤 곁에 있길 바랐다. 나이나 성, 직업 또는 성격은 상관없었다. 상대가 극악무도한 범죄자라도 괜찮을 것 같았다. 내 마지막 화자, 검은 피부에 우아한 속눈썹을 가진 노인은 누군가 자기 말에 귀기울이고 눈맞춰준 뒤, '혼자가 아닌 누군가와 같이 하는 건 몹시 오랜만'인데다 '너무 평범하고 친근해 눈물이 날 것 같은' 모국어로 뭐라 대꾸해주길 바랐다. '응'이나 '그래' 같은 아주 간단한 말이라도, 그뿐이라도.

이곳에는 몸이 불편한 사람이 많다. 대부분 어느새 훌쩍 나이를 먹어버린 탓이다. 그중에는 비록 앞을 보진 못하나 누구보다 비상한 기억력을 가진 노파도 있고, 어릴 적 배운 여섯 부족의 언어로 만날 헛소리를 지껄이는 치매 노인도 있다. 한때 뛰어난 샤먼이었으나 지금은 누구의 존경도 받지 못하는 중이염 환자도 있고, 도시에 나가 멋진 소비자가 되는 게 꿈이었으나 지금은 어떤 꿈도 꾸지 않고 그저 후식으로 탄산음료가 나오기만 기다리는 전사戰士도 있다. 이들은 모두 이 세계에 단 하나뿐인 언어를 구사하는 '마지막 화자'들이다. 그리고 대부분 혼자 산다. 이들은 이미 오래전에 자신이 쩌렁쩌렁한 모어母語 한복판에, 우주 한가운데 버려졌다는 걸 안다. 시끌벅적한 시장에서 엄마를 잃어버리고 뒤늦게 울어봐야 소용없었다. 다 죽고 살아남은 건, 오직 자기 자신과 엄청나게 아름답고 어마어마하게 정교해 혼자서는 도저히 감당이 안 되는 그 '말'뿐이란 걸…… 결국 받아들여야 했으니까. 이들은 깊이를 알 수 없는 어둠과 침묵 속에서 자신에게 일어난 일을 이해하려 애썼다. 하루 중 대부분의 시간을 스스로를 다독이고 설득하는 데 다 썼다. 누구든 세상에 홀로 남겨질 수 있고 마지막 화자가 될 수 있지만 그게 하필 '나'라는 걸, 지금도 그렇고 앞으로도 그럴 테며, 그 사실은 영원히 바뀌지 않을 거란 걸 납득해야 했으니까. 그 단순한 현실을 인정하는 데 누군가는 평생이 걸렸다. 어떤 이는 죽는 날까지 상황이 바뀔 거라는 희망을 버리지 않았다. 기적처럼 누군가 방문을 열고 들어와 자기네 부족말로 아침 인사를 건네주기를. 연민도, 경멸도, 호기심도 없는 얼굴로 이런저런 쓸데없는 말들을 늘어놔주기를 바랐다. 하지만 그런 일은 일어나지 않았다. 이곳 사람들은 '혼자'라는 단어를 닳아 없어질 때까지 만지고 또 만졌다. 몸에 좋은 독이라도 먹듯 날마다 조금씩 비관을 맛봤다. 고통과 인내 속에서, 고립과 두려움 속에서, 희망과 의심 속에서 소금처럼 하얗게, 하얗게 결정화된 고독…… 너무 쓰고 짠 고독. 그 결정結晶이 하도 고유해 이제는 누구에게도 설명할 엄두를 내지 못한다. 입을 잘못 뗴었다가는 한꺼번에 밀려오는 감정과 말의 홍수에 휩쓸려 익사당할지 모르니까.

128

이곳은 외부와의 접촉이 제한된 특별 구역이다. 이곳은 거대한 규모와 수려한 경관을 자랑하는 기념관인 동시에 학습장, 연구소, 민속촌으로도 쓰인다. 정식 이름은 '소수언어박물관'. 이 세계에서 사라져가는 언어를 보존하고 연구한다는 취지로 설립됐다. 박물관 부지로 선정된 곳은 '중앙' 사람들조차 고개를 갸웃거린, 이름이 알려지지 않은 낯선 고장이었다. 붉고 메마른 땅이 끝도 없이 펼쳐진 벌판이었다. 박물관 설립 계획이 발표되고 얼마 지나지 않아 이곳으로 온갖 중장비를 실은 차량이 흙먼지를 일으키며 몰려왔다. 그러고는 뚝딱뚝딱 선 못질을 하더니 순식간에 모든 공사를 마치고 돌아갔다.

지금 이곳에는 천여 명의 화자가 천여 개의 언어를 지키며 산다. 정해진 규율과 방식에 따라 낮에는 박물관에서 일하고 밤에는 기숙사에 머무는 식이다. 하나의 전시실은 하나의 언어를 대표하고, 각 전시실은 조상 대대로 내려오는 각 부족 양식에 따라 지어졌다. 한 칸의 전시실 안엔 한 명 이상의 화자가 해당 부족의 전통 의상을 입고 상주한다. 대부분 혼자이지만 아주 드물게 둘 이상일 때도 있다. 남남이거나 부부이거나 노인과 아이의 조합으로 이뤄진 '표본'이랄까. 종일 홀로 전시실을 지키는 사람들은 짝 있는 이들을 굉장히 부러워했다. 짝끼리 사이가 나빠 거의 대화하지 않는 '샘플'이라도 그랬다. 상대적으로 사이가 좋은 커플은 상대가 자기보다 먼저 죽으면 어쩌나 근심하느라 얼굴이 핼쑥했다. 이 안에서 어떤 이들은 고독 때문에, 또 어떤 이들은 고독을 예상하는 고독 때문에 조금씩 미쳐갔다.

천여 개의 전시실은 각 지역의 기후와 풍경, 건축 재료와 전통 방식에 따라 다양하게 복원됐다. 하지만 대부분 어색하고 볼품없는 모양이었다. 스티로폼 위에 성의 없게 페인트칠을 해 만든 바위며 플라스틱 소재의 야자나무, 기둥과 마루 이음매마다 시멘트 자국이 거칠게 남은 원두막은 물론이거니와 각 부족의 특징을 무시하고 아무데나 세워놓은 백인 마네킹이 그랬다. 이곳을 설계한 이들은 부족과 부족 사이에 충분한 공간이 주어져야 한다고 판단했다. 현존 구성원이 총 세 명도 안 되는 공동체라 해도 그들이 수천 년간 쌓아온 역사와 문화가 숨쉴 물리적 공간이랄까, 시공이 충돌하지 않을 거리가 필요했다. 이곳이 정말로 무언가를 '보존'하고 있는 데라는 인상을 주기 위해서라도 그래야 했다. 비록 실물이 아닌 모형이라는 걸 모두가 자각한 채 보고 있다 해도 그것이 너무 가짜 느낌이 나선 안 되었다.

지리적 특징에 따라 굵직굵직한 덩어리로 나뉜 전시관은 인공

연못과 언덕, 대숲과 오솔길을 따라 드문드문 이어졌다. 샛길 사이사이 관리실과 매점, 기숙사, 공중화장실도 적절하게 안배돼 있었다. 매표소에서 공짜로 배포하는 그림지도에는 각 건물에 번호가 매겨져 있었다. 천천히 다 둘러보려면 꼬박 며칠이 걸리는 규모인 터라, 방문객 대부분이 그중 일부만 살펴보고 갔다. 이곳에서 가장 볼만한 건 중앙 분수대였다. 말이 '분수대'이지 구멍에서 물줄기 대신 '말'이 흘러나오는 독특한 조형물이었다. 조형물의 지지대 역할을 하는 금속 기둥 위로 투명하고 커다란 구球가 얹어져 있었다. 겉면에 여섯 대륙의 실루엣이 반투명하게 새겨진 지구본이었다. 유리로 된 투명한 구 안에는 여러 형태의 문자가 반짝이며 자유롭게 떠다녔다. 여러 종류의 언어를 홀로그램을 이용해 빛으로 형상화한 거였다. 사람들은 구에 담긴 말들이 춤을 추듯 활달하게 움직이는 모습을 좋아했다. 그것은 환한 조명을 받으며 오전 내내 쾌활하게 떠다녔다. 그러고는 정오가 되면 잠시 움직임을 멈췄다. 유리구가 꽃잎 모양으로 벌어지면 그 아래로 폭포처럼 쏟아졌다.

중앙에선 이곳 소수언어박물관에 많은 돈을 들였다. 그리고 그 비용과 부채를 관광 수입이 메워줄 거라 계산했다. 하지만 이 먼 데까지, 로켓도 공룡 화석도 아닌 겨우 사라져가는 언어나 보자고, 흙먼지를 뒤집어쓰고 오는 이는 많지 않았다. 이곳이 동물원이거나 로봇전시관, 하다못해 기생충박물관이었다면 달랐을 거다. 박물관은 만성적인 적자에 시달렸다. 천여 명의 거주자를 거둬 먹이는 데 필요한 경비는 물론이고 공과금마저 빠듯했다. 결국 중앙에선 푯값을 두 배 올리기로 결정했다. 방문객 숫자는 더 줄어들어 지금 이곳을 찾는 이는 거의 없다. 있다 해도 하루 몇십 명이 전부다. 그렇지만 그 몇 안 되는 방문객을 위해 천 명 이상의 사람들이 일한다. 그 일이 고작, 어설프기 짝이 없는 전시실에 앉아 방문객을 하염없이 기다리는 거라 해도. 이들은 묵묵하게 제자리를 지킨다. 모두 기념우표 같은 얼굴을 하고, 하루종일. 그리고 어쩌다 두세 명의 손님이 오면 벌떡 일어나 자신의 모국어를 몇 마디 들려준 뒤 춤추고 노래한다. 전시실 한쪽에는 이들 언어의 활자 모형과 책, 민속품 등이 놓여 있다. 기하학적 무늬가 새겨진 칼이며 색색의 술이 달린 머리장식, 식물의 줄기를 이용해 만든 바구니 등이다. 주술과 역사와 노래가 담긴 콤팩트디스크는 현장에서 특별 할인가로 판매됐다.

중앙은 멸종 위기에 처한 언어를 보호하고 경각심을 일깨우기 위해 이 단지를 세웠다. 결과는 정반대였다. 그리고 그건 중앙에서 내심 바라는 바였다. 그들은 잊어버리기 위해 애도했다. 멸시하기 위해 치켜세웠고, 죽여버리기 위해 기념했다. 어쩌면 처음부터 모두 계산된 거였는지 몰랐다. 오늘도 이곳에선 오래된 언어 하나가 거짓말처럼 사라졌다. 보름에 한 번꼴로 일어나는 일이라 이제 놀라는 사람도 없다. 그리고 그렇게 마지막 화자를 떠나하늘로 오른 존재 중 하나가 나다. 나는 내 전생을 조각조각 떠올리며 저 아래, 누군가 버리고 간 이곳의 입장권을 굽어본다. 그것은 바람에 몸을 뒤집으며 이리저리 뒹굴고 있다. 질 나쁜 종이 위로 화려한 전통 의상을 입은 사람들이 일제히 손 흔들며 웃고 있는 모습이 보인다. 나는 그들에게 미소로 답한다. 그게 우리의 직업이었으니까. 웃는 것, 또 웃는 것. 무슨 일이 있더라도 웃는 것. 그리하여 영원히 절대로 죽지 않을 것처럼 구는 것.

*

이곳은 오전 여덟시부터 오후 여섯시까지 개방된다. 밤이 되면 박물관 문이 잠기고 단지 내 모든 불이 꺼진다. 이때 이곳의 풍경은 한밤중 만조에 잠긴 갯벌처럼 고요하고 캄캄하다. 천여 명의 화자가 묵는 기숙사는 야트막한 언덕을 경계로 단지 내 가장 깊숙한 곳에 자리해 있다. 그 위치는 박물관 안내 책자나 지도에 표시돼 있지 않다. 천여 명의 화자는 어디에도 존재하지 않는 채 존재하는 형태로 존재한다.

기숙사에 머무는 이들은 모두 공동 규율을 지켜야 한다. 소등시간과 취침시간 준수는 기본이다. 이들은 전시실에 있을 때나 자신인 척할 뿐 해가 지면 중앙식으로 지어진 기숙사에서 중앙식으로 잔다. 밥도 규격화된 식판에 받아 중앙식으로 먹고 용변도 정해진 장소에서 중앙식으로 본다. 그렇다고 이들이 '중앙'인가 하면 그렇지 않다. 이들은 단체 사진 속에서 점점 흐릿해져가는 유령처럼 모호하게 존재한다. 단지에선 이들에게 중앙 언어를 체계적으로 가르치거나 강요하지 않았다. 의사소통 체계가 통일되면 문제가 생길 수 있다고 판단했기 때문이다. 관리자들은 각 언어의 고유성을 지킨다는 명분으로 타 부족끼리 말 섞는 걸 금지했다.

지금 이곳에 모인 이들 대부분은 고아다. 박물관뿐 아니라 세계 어딜 가도 이젠 혼자라는 점에서 그렇다. 지구에는 여전히 많은 소수민족이 있고 그들이 쓰는 말들 역시 산재하나, 그렇다고 해서 누구나 이곳에 들어올 수 있는 건 아니다. 중앙에서는 한 언어의 실사용자가 열 명 미만인 경우에 한해 입주를 허했다. 언론에선 이들 모두에게 입주 동의를 구한 거라 떠들어댔지만 이곳에 온 많은 이들이 중앙에서 말하는 '동의'의 정확한 뜻을 알지 못했다. 누군가는 엉겁결에 강제 이주를 당한 거라 했고, 어떤 이는 동의서 따위 구경도 못했다고 했다. 말이 좋아 소집이지 수집이고 징집이며 사냥이라고까지 소리치는 사람도 있었다. 물론 그 말을 알아듣는 사람은 아무도 없었다. 혈기 좋게 항의하던 이들도 이제 나이를 먹어 무거운 침묵 속에 잠긴 노인이 됐다. 마지막 화자가 됐다. 박물관은 해당 언어의 마지막 사용자가 세상을 떠도 전시실을 그대로 유지한다는 방침을 세웠다. 전시관에선 보름에 한 번꼴로 방 하나가 비었다. 생전 화자가 앉아 있던 자리는 마네킹이 대신했다. 칠 벗겨진 입술로 어색한 미소를 지은 채 어쩐지 늘 한 치수 커 보이는 옷을 입고서였다. 더불어 전시실 앞에는 압류 딱지마냥 붉은색으로 '멸滅'이라는 의미의 중앙어가 박혔다.

전시관을 지키는 이들의 일과는 비슷했다. 이들은 전시실 한쪽에 오도카니 앉아 있다 관람객이 오면 벌떡 일어나 자세를 가다듬고 몇 마디 회화를 했다. 주로 '안녕하세요'라든가 '제 이름은 아무개입니다' '우리 아버지가 지어줬지요' 같은 간단한 인사말이었다. 반복하는 문장은 전시실마다 조금씩 달랐다. '땅의 정령이 여러분의 방문을 허락한다'고 말하는 이도 있고, '이곳을 통과하려면 당신도 우리 조상말로 얘기해야 한다'며 가짜 엄포를 놓는 화자도 있었다. 관람객은 귀에 작은 기기를 꽂고 이들 말을 중앙말로 걸러 들었다. 그러곤 가이드의 안내를 따라 형식적으로 이곳저곳을 둘러본 뒤 가끔 무례하고 어리석은 질문을 하고 돌아갔다. 드물게 어떤 이들은 귀에서 그 작은 기기를 빼고 '관람'에만 열중했다. 전시실 앞에 해당 언어에 대한 별 소개 없이 '번역 불가' 혹은 '연구중'이라고 적힌 푯말이 붙어 있는 경우 그랬다. 그런 딱지가 붙은 전시실 속 화자들은 말 그대로 동물원에 갇힌 짐승처럼 앉아 있었다. 다른 부족보다 훨씬 어두운 얼굴을 하고서였다. 이들은 차안에서 피안을 건너보는 듯한 눈으로 이쪽을 바라봤다. 그럴 때 이들은 시험관 안에 담긴 청동기시대 볍씨 품종처럼 보였다. 단지 오래 살아남았다는 이유로, 그 사실만으로 어딘가 메마르고 징그러운 인상을 주는. 관람객들은 한 손을 길게 뻗어 이들을 배경으로 자신의 얼굴이 나오도록 사진을 찍었다.

어느 부족의 인사법 중에는 상대와 뺨을 비비거나 정수리와 발등에 입맞추는 것도 있었다. 하지만 어느 순간부터 박물관에선 화자들과 관람객의 직접적인 접촉을 금했다. 그저 관에서 정해준 매뉴얼대로 '오늘 날씨가 참 좋군요!' '오늘 날씨가 꽤 좋네요!'라고 십 년 내내 얘기해온 어느 화자가 한날 날카로운 물체로 관람객의 목덜미를 그은 적이 있어서다. 나는 이 이야기를 무척 잘 아는데, 그가 바로 후두암에 걸린 내 마지막 화자였기 때문이다. 당시 그의 손에는 반달칼처럼 생긴 번뜩이는 물체가 쥐어져 있었다. 관리자도 처음엔 그게 뭔지 몰랐다. 하지만 자세히 살펴본 결과 그것이 그가 속한 부족의 전설과 노래가 담긴 콤팩트디스크라는 걸 알았다. 관람객은 한 손으로 목을 감싸안은 채 쓰러졌고 반짝이는 콤팩트디스크에선 피가 뚝뚝 흘러내렸다.

*

바위를 들어올릴 때 빛을 보고 놀라 달아나는 벌레떼처럼 이곳에는 온갖 말들이 바글거린다. 오직 신만이 전부 이해하고 기뻐할 만한 문법과 시제 그리고 멜로디가. 여성형과 남성형, 단수와 복수, 수동과 능동, 반말과 높임말 등 각 나라의 고유한 문법이 오선지 역할을 하면, 사람이 낼 수 있는 많은 소리들, 어금닛소리, 헛소리, 입술소리, 잇소리, 반잇소리와 콧소리, 목소리 등이 음표가 돼 장엄한 오케스트라 연주를 한다. 거기 억양이나 손동작, 표정 등이 가미되는 건 물론이다. 이 다채로운 화음 안에는 도무지 지루한 걸 못 견뎌하는 신의 성정과 남과 똑같은 걸 싫어하는 인간의 성격이 담겨 있다. 예를 들면 끝도 없지만 그중 내가 다른 영들에게 주워들은 몇 가지만 소개하면 대충 이렇다. 어느 부족의 언어는 성조가 수십 개다. 그들은 어느 열대지방에 사는, 빨갛고 쭈글쭈글한 먹을 가진, 화려한 희귀 새처럼 운다. 이방인의 귀엔 그저 "크, 크헉, 흐허, 헉"처럼 들리는 소리가 어떻게 수만 가지 문장으로 확장되는지 나도 알지 못한다. 어느 부족의 시제에는 전생前生과 환생還生이 들어간다. 그런 건 누가 정하고, 어떻게 설득하는지 다른 부족은 조금도 가늠 못한다. 어느 나라 동사는 백오십 번 이상 몸을 바꾼다. 그것은 프리즘에 닿은 빛처럼 여러 갈래로 꺾이며 굴절된다. 단어가 소리에 반사돼 정신에 무지개를 비춘다. 어느 민족에게 사랑은 접속사, 그 이웃에게는 조사다. 하지만 또다른 부족의 경우 그런 건 본디 이름을 붙이는 게 아니라 하여 아무런 명찰도 달아주지 않는다. 어떤 민족에게 '보고 싶다'는 한 음절로 족하다. 하지만 다른 부족에게 그 말은 열 문장 이상으로 표현된다. 뿐만 아니다. 어느 추운 지방에서는 몇몇 입김 모양도 단어 노릇을 한다.

이곳에는 그 언어만큼 다양한 사연을 가진 이들이 살아간다. 그중 한 노파는 글을 알지 못하는데 수만 년 된 서사시를 한 줄도 틀리지 않고 끝까지 읊는다. 마치 자기 가슴에 돋을새김한 점자點字 하나하나를 공들여 더듬어가는 모양새다. 그녀는 단지 '아름답다'는 이유로 수집의 표적이 된 아라비아오릭스의 뿔처럼 사라질 운명을 타고났다. 이곳에서 가장 나이든 축에 속하는 어떤 영감은 어린 시절 언어학자들을 따라다니며 등짐을 져 나르던 소년이었다. 소년은 학자들이 바다 건너에서 가져온 커다란 '녹음기'를 어깨에 진 채 강을 건너고 구불구불한 골짜기를 지나 높은 산에 올랐다. 소년은 자기가 등에 지고 다니는 그것이 보통 물건이 아니라는 걸 알았다. 이따금 그 안에서 소년이 아는 사람들의 목소리가 흘러나왔기 때문이다. 당시 학자들은 몇몇 부족의 서사시를 녹음하기 위해 무려 쌀 한 가마니 무게에 달하는 알루미늄 디스크를 사용했다. 소년은 그걸 허허벌판 첩첩산중 어디든 들고 다녔다.

그때만 해도 소년은 그 노래와 말들이 그렇게 빨리 사라질 거라곤 상상 못했다. 그렇지만 그가 정말 예상 못한 건 자기 자신이 이렇게 '살아 있는 테이프'로 전시될 거란 사실이었다.

한번은 단지에 아이가 태어난 적이 있다. 개관 이래 처음 있는 일이었다. 아기의 부모는 서로 다른 언어를 사용하는 소녀와 소년이었다. 감시와 통제 아래서 어떻게 그런 일이 일어났는지 모두 놀라워했다. 동시에 지혜롭게 나이든 인간들은 그런 일은 언제 어디서든 일어날 수 있다며 고개를 끄덕였다. 출산은 순조로웠고 모두 그 아기를 좋아했다. 아기의 울음소리. 천여 개의 언어를 사용하는 천여 명의 인간이 단번에 이해할 수 있는 언어가 한동안 단지 내에 생생하게 울려퍼졌다. 작고 보드랍고 따뜻한 생명을 바라보며 노인들의 두 눈이 모처럼 크게 벌어졌다. 부부의 출산과정을 이미 알고 있는 중앙에서는 아기의 성장과정을 기록해 샘플로 남겨두려 했다. 큰 제재가 없는 한 아이는 둘 또는 한 명의 보호자 아래서 그 부족말을 배우며 성장하게 될 터였다. 하지만 아이 부모가 그걸 원하지 않았다. 자기 자식이 아니라 그 누구더라도 그렇게 살아선 안 됐다. 결국 두 사람은 아이를 단지 바깥으로 빼돌렸다. 아기 바구니를 관광객 차에 몰래 실은 뒤 본인들도 모르는 세계로 흘려보냈다. 그들은 무척 가슴 아파했지만 그 정도 고통은 훗날 아이가 박물관에서 맞닥뜨리게 될 절망에 비하면 아무것도 아니라 생각했다.

그리고 내 화자, 어려선 달리기를 잘했고 늙어선 후두암에 걸린 내 화자는 한때 단지를 탈출한 적 있는 용감한 청년이었다. 그는 열다섯 살에 이곳에 들어왔다. 어느 여름밤 이방인이 건넨 술을 먹고 잠들었는데 일어나보니 여기였다고 했다. 그는 며칠 동안 지나가는 사람을 붙들고 자신의 처지를 설명하려 애썼다. 그렇지만 그의 하소연을 들어주는 이는 없었다. 그가 쓰는 언어를 이해하는 사람이 한 명도 없었기 때문이다. 격분하고, 저항하고, 애원하고, 의기소침해지길 몇 번. 어느새 그도 다른 이들처럼 깊은 침묵 속에 잠겨버렸다. 정신 나간 사람처럼 종일 아무 말도 않고 전시실에 앉아 있었다. 그러던 어느 날 무슨 심경의 변화가 일었는지 관람객을 보고 자리에서 벌떡 일어나 자신조차 놀랄 만큼 쾌활한 목소리로 "안녕하세요?"라고 했다. "만나서 반갑습니다. 오늘 날씨가 참 좋군요!"라고.

단지 안에서 서른다섯번째 생일을 맞았을 때 그는 구내식당에서 숟가락으로 통조림 캔 바닥을 긁고 있었다. 캔 속에 든 정체불명 생선은 중앙식 전통 향신료와 화학조미료에 고루 버무려져 있었다. 꽃다발을 한 솥 삶은 듯한 냄새에 비위가 상해 처음엔 손도 안 댄 음식이었다. 그는 숟가락에 묻은 생선 기름을 쪽쪽 빨며 의

뭉스러운 눈으로 주위를 천천히 둘러봤다. 탈출은 태연하고 자연스럽게 이루어졌다. 귀가 대열에서 이탈해 가짜 대숲에서 옷을 갈아입은 뒤 단체 관람객 틈에 섞여 유유히 출구를 빠져나가면 끝이었다. '삶'과 '삶 비슷한 것'의 경계를 넘는 일이 하도 간단해 그는 이십 년 만에 바깥세상에서 맞는 바람의 촉감과 석양의 질감을 느끼며 헛헛해했다. 그는 자신의 두 다리와 귀동냥으로 배운 몇 마디 중앙어에 의지해 고향을 찾아갔다. 별을 보고 방향을 가늠하며 달리다 걷다, 다시 뛰길 반복했다. 그리고 한참 만에 그가 피투성이 발로 고향에 도착했을 때, 협곡을 지나 산등성이를 넘고 무성한 덤불을 헤쳐 마침내 마을 입구에 다다랐을 때, 그가 발견한 건 주위에 새 한 마리 없이 먼지바람만 이는 아득한 모래벌판이었다. 무슨 이유에선지 전부 잘려나가 밑동만 남은 나무들이 바둑알처럼 끝없이 늘어선 불모지였다.

단지 관리자는 거지꼴로 돌아온 사내를 감정이 절제된 사무적인 얼굴로 쳐다봤다. 이런 일이 처음이 아니라는 듯 능숙하게 행정 절차를 밟았다. 사내는 소독약 섞인 물로 샤워를 하고 의료진이 처방해준 약을 먹은 뒤 기숙사로 돌아갔다. 그러곤 며칠 동안 고열에 시달리며 헛소리를 했다. 그의 목에 이상이 온 건 그때부터였다. 그는 고장난 라디오처럼 날마다 지지직댔다. 방금 전 그 라디오는 건전지가 다 된 듯 꺼져버렸고 그의 몸에선 더이상 어떤 소리도 나지 않았다.

 이곳 화자들은 중이염이나 관절염, 치매, 백내장 외에도 마음
의 병을 안고 살아간다. 그건 말을 향한, 말에 대한 지독한 향수병
이다. 이들은 과거에 들었다면 절대 흔들리지 않았을, 몇몇 밋밋
하고 순한 단어 앞에서 휘청거렸다. 그래서 누군가는 자기네 나
라말로 무심코 '천도복숭아'라고 말하며 울고, 어떤 이는 '종려나
무'라고 한 뒤 가슴이 미어지는 걸 느꼈다. 뜬금없이 떠오른 '곤지
곤지'라는 단어에 목울대가 뜨거워진 이가 있는가 하면, '연두' 또
는 '뽀뽀'라는 낱말 앞에서 심호흡한 이도 있었다. 나는 그걸 다른
영들에게 들었다. 내 마지막 화자는 그런 말들에 휘둘리지 않으
려 가급적 입을 닫고 살았다. 하지만 실종 뒤 오랫동안 보이지 않
다 어느 날 불쑥 강물 위로 떠오른 시신처럼, 무언無言의 주장처럼,
굳이 입을 떼지 않아도 내면에 떠다니는 온갖 상념이 그의 목울
대로 솟아올랐다. 그에게 모어母語란 호흡이고, 생각이고, 문신이
라 갑자기 그걸 '안 하고 싶어졌다' 해서 쉽게 지우거나 그만둘 수
있는 게 아니었다. 그는 말과 헤어지는 데 실패했다. 그렇다고 말
과 잘 사귄 것도 아니었다. 말을 안 해도 외롭고, 말을 하면 더 외
로운 날들이 이어졌다. 그는 자기 삶의 대부분을 온통 말을 그리
워하는 데 썼다. 혼자 하는 말이 아닌 둘이 하는 말, 셋이 하면 더
좋고, 다섯이 나누면 훨씬 신날 말. 시끄럽고 쓸데없는 말. 유혹하

고, 속이고, 농담하고, 화내고, 다독이고, 비난하고, 변명하고, 호
소하는 그런 말들을…… 그는 언제고 자유롭게 나를 부리고 싶어
했다. 그리고 내 이름의 메아리와 그 메아리의 메아리가 만들어내
는 오목한 자장 안에 우뚝 서고 싶어했다. 단지 그 소박한 바람 때
문에 그는 가슴이 찢어지는 듯한 느낌을 자주 받았다. 소리를 표
현하고, 맛을 그리고, 색을 분별하며 감정을 가리키는 그 풍부한
어휘들을 죽어서도 잊지 못할 거라고, 그는 죽으면서 생각했다.
그는 짐승처럼 "크허, 흐어어, 흐억" 소리밖에 내지 못했지만 순
간 나는 그가 부른 이름이 내 이름이었다는 걸 알았다.

*

그가 눈감기 전 모습이 떠오른다. 감정을 가진 로봇처럼 기계음
을 내며 몸을 떨던 검은 얼굴이 생각난다. 그가 "우어어, 흐어어"
하고 웅얼댈 때 그것은 빙하가 무너지는 풍경과 비슷했다. 수백만
년 이상 엄숙하고 엄연하게 존재하다 한순간에 우르르 무너지는
얼음의 표정과 흡사했다. 그것은 무척 고요하고 장엄했지만 한편
으론 아무것도 아닌 일처럼 보였다. 뭐랄까, 세상에 아무 반향도
일으키지 못하는 멸망, 침몰을 목격하는 기분이었다. 그는 마지막
에 온전한 문장 하나 완성 못하고 숨을 거뒀다. 그가 눈을 감자 세
상은 뭐라 설명할 수 없는 고요에 휩싸였다. 적어도 내가 느끼기

에는 그랬다. 동시에 내 속에 거대한 그리움이랄까 욕구가 일었는데, 그건 내가 태어난 장소에 가보고 싶다는 거였다.

언젠가 '너무 추워 신조차 살 수 없는' 행성에 대한 이야기를 들은 적 있다. 그 별 둘레엔 마지막 언어의 꿈과 비명이 메아리쳐 겹겹의 띠를 이루고 있다고 했다. 색색의 넓적한 고리 위에 한 부족의 언어를 물감처럼 풀어 종이로 뜬 것 같은 영혼의 무늬가 새겨져 있다고. 우리가 죽으면 그 속의 황색 먼지 또는 얼음 알갱이가 된다고 했다. 내가 그런 아름답고 차가운 것이 된다고 생각하니 기분이 이상했지만 우리가 이곳을 떠난 뒤에도 어딘가에 여전히 존재할 수 있다는 게 싫지 않았다. 그런데 오늘 내 화자를 떠나며 한 가지 중요한 사실을 알게 됐다. 그 소문은 틀렸다. 우리의 종착지는 신의 입김이 얼어붙을 정도로 추운 행성이 아니었다. 우리가 죽은 뒤 한번 더 죽게 되는 장소는 저기 먼 내세도, 우주도 아닌 지상의 공장이었다.

저기 몇몇 거대한 영들이 바람을 타고 어디론가 흘러가는 게 보인다. 아니 흐르는 게 아니라 빨린다고 해야 할까. 흐르고 흐르다 어느 기다란 금속관 안으로 순식간에 흡수돼 회오리쳐 사라진다. 나는 있는 힘껏 반대로 몸을 튼다. 그렇지만 자석처럼 나를 강하게 끌어들이는 힘을 피할 수 없다. 이윽고 나는 저 아래 풍경에 압

도되고 만다. 이곳 단지를 에워싼 야트막한 구릉 너머로, 방사선 형태의 도로가 끝없이 펼쳐진 모습을 발견했기 때문이다. 도로 위로 똑같은 크기와 모양의 공장이 빽빽하게 들어선 게 보인다. 그런데 그 중심에 뜻밖에 소수언어박물관이 있다. 평소 담장 역할을 하는 언덕이 박물관 주위를 둥그렇게 에워싸고 있지만 그 너머로는 가히 장관이라 할 만큼 공장 또 공장뿐이다.

나는 누구일까. 그리고 어찌될까.

나는 나무에 그려지고 돌에 새겨지며 태어났다. 내 첫 이름은 '오해'였다. 그러나 사람들이 자기들 필요에 의해 나를 점점 '이해'로 만들었다. 나는 내 이름이었거나 내 이름의 일부였을지 모를 그 낱말을 좋아했다. 나는 복잡한 문법 안에 담긴 단순한 사랑, 단수이자 복수, 시원이자 결말, 거의 모든 것인 동시에 아무것도 아닌 노래다. 하루치 목숨으로 태어나 잠시 동안 전생을 굽어보는 말이다. 내 몸은 점점 붙고 이름 또한 길어져, 긴 시간이 흐른 뒤 누구도 한 번에 부를 수 없는 무엇이 됐다. 그렇지만 이제 나는 이 세계를 돌아가게 하는 동력, 쓸모 있는 죽음, 단지 그뿐인 채로 사라진다. 저기 거대한 금속관 속으로 향하며 소수언어박물관의 자랑, 중앙 분수대를 떠올린다. 유리구 안에 갖은 형태의 활자가 분방하게 떠다니는, 지구본 모양의 특별한 조형물을. 활자는 밝은 조명을 받으며 오전 내내 춤추듯 투명하게 떠다녔다. 그러다 정오가 되면 잠시 정지했다. 꽃잎 모양으로 갈라지는 지구본 아래로 경쾌하게 쏟아졌다. 나는 그 광경이 늘 아름답다 생각했다. 그런데 그건 악몽 같은 아름다움이었을까. 앞으로도 지구가 꾸는 이 예쁜 꿈이 쉽게 끝나지 않을 것 같아, 죽은 뒤 한번 더 죽으면서도 나는, 그 눈부신 장면으로부터 쉽게 눈을 떼지 못한다.

* 소설 후반부에 나오는 '서사시를 읊는 노파' 설정과 '녹음기' 관련 정보는 『아무도 모르는 사이에 죽다』(니컬러스 에번스, 김기혁·호정은 옮김, 글항아리, 2012) 속 내용을 참고했다.

풍경의 쓸모

오래전, 어머니는 내게 자주 어딘가 서보라 했다.

—정우야.

—응.

—저기 서봐.

어머니가 내게 어딘가 서보라 하면 나는 꼼짝 않고 숨을 골랐다.

—정우야.

—응?

—여기 보고.

사진 찍을 때 가만히 있어야 한다는 걸 알려준 사람이 누구인지 기억나지 않는다. 아마 무척 평범한 사람, 좋은 일은 금방 지나가고, 그런 날은 자주 오지 않으며, 온다 해도 지나치기 십상임을 아는 사람이 아니었을까 싶다. 그러니까 그런 순간과 만났을 땐 잘 알아보고, 한곳에 붙박아둬야 한다는 걸 알 정도로…… 나이든 사람 말이다. 실제로 우리 가족에게는 그럴 기회가 몇 번 있었다. 많지는 않았지만 그랬다. 그때마다 우리는 '즐겁게 춤을 추다가 그대로 멈춰라'라는 노랫말마냥 정확하게 멈췄다. 과거가 될 만반의 자세, 만반의 준비를 하고. 그러곤 마음속으로 숫자를 센 뒤 사진기를 보고 웃었다.

햇빛이 충분치 않은 공간에선 이따금 플래시가 터졌다. 사진기는 펑! 펑! 시간에 초크질을 하며 현재를 오려갔다. 플래시 소리는 낙하산 펴지는 기척과 비슷해 우리가 죽을지도 모른다는 불안과 함께 살았다는 안도를 줬다. 운전자를 덮치는 에어백마냥 푹신한 충격을 줬다.

─정우야.

─어?

어머니가 "펑!" 불빛을 터뜨리면 선택되지 못한 나머지 풍경이 하얗게 날아갔다. 나는 자주 눈을 감았고 가끔 그 증발이 아까워 환하게 웃었다. 낙하산 줄을 잡아당기듯 입꼬리를 올렸다.

오래된 사진 속의 나는 언제나 어색한 듯 자명하게 서 있다. 정확히 어떤 색이라 불러야 할지 모를, 1970년대 때깔 혹은 낙관적

파랑을 등에 인 채. 코닥산産 명도, 후지식式 채도에 안겨 있다. 어느 때는 너무 흐릿해 금방이라도 사라질 것 같은 표정을 하고. 누군가를 향해, 그 누군가가 원한 미래를 향해 해상도 낮은 미소를 짓고 있다. 그리고 그렇게 사진 속에 붙박인 무지, 영원한 무지는 내 가슴 어디께를 찌르르 건드리고는 한다. 우리가 뭘 모른다 할 때 대체로 그건 뭘 잃어버리게 될지 모른다는 뜻과 같으니까. 무언가 주자마자 앗아가는 건 사진이 늘 해온 일 중 하나이니까. 그러니 오래전, 어머니가 손에 묵직한 사진기를 든 채 나를 부른 소리, 삶에 대한 기대와 긍지를 담아 외친 "정우야"라는 말은, 그 이상하고 찌르르한 느낌, 언젠가 만나게 될, 당장은 뭐라 일러야 할지 모르는 상실의 이름을 미리 불러 세우는 소리였는지 몰랐다.

빛에 관해서라면 하나 더 떠오르는 장면이 있다. 아버지가 모닥불 쬐듯 티브이 가까이 앉아 전자파를 쐬고 있는 모습이다. 아버지는 어릴 때 산간벽촌에서 자랐다. 이웃을 만나려면 한참 걸어나가야 하고, 해가 지면 옆 사람 손도 안 보일 정도로 캄캄했다는 마을에서. 눈이 오면 아 입을 벌려 겨울을 맛보고, 비가 오면 명상에 잠긴 대지가 허밍하는 소리를 엿듣고, 가끔은 어른들로부터 귀신 비위 맞추는 법을 배우기도 하면서. 벌써 반세기 전 일이지만 그때를 떠올리면 뭐랄까, 아버지는 다른 '시대'가 아닌 다른 '세계'에 살다 이쪽으로 넘어온 기분이 든다고 했다. 분명 다 겪은 일인데 어느 때는 자기 인생이 어디서 읽었거나 들은 얘기처럼 느껴진다고. 평일 오전, 멍하니 티브이 앞에 앉아 암보험 광고를 볼 때면 더욱 그렇다 했다. 나이든 사람은 암기력과 분별력이 떨어진다는 걸 분명히 하듯, 노배우가 방금 전 일러준 보험회사 전화번호를 또박또박 한번 더 말해줄 때 그렇다 했다. 그럴 땐 이쪽 세계도 저쪽 세상도 문득 생경해 누군가의 방에 잘못 들어온 기분이 든다고. 나는 '그렇죠, 아버지. 암 얘기는 모두의 기분을 망치죠' 자조했으나 말로 옮기진 않았다. 대신 커피잔을 쥔 아버지의 손을 물끄러미 바라봤다. 대학 졸업을 며칠 앞둔 날이었으니 십 년도 더 된 일이다.

그날 본 아버지의 손은 여전히 크고 두툼했다. 그 안에는 오랫동안 운동으로 자기 몸을 단련해온 사람 특유의 단정함과 엄격함이 겸손하게 도사리고 있었다. 그 손으로 아버지는 누군가의 잘못을 판정하고, 규칙을 알려주고, 벌칙을 부과하며 살고 있을 터였다. 자세히는 모르나 어머니에게 들은 바론 그랬다. 그 나이에 안정적인 직장을 관두고 심판 일로 생활을 꾸리기는 쉽지 않았을 거다. 그렇다고 다시 교단으로 돌아갈 순 없었을 테지. 세상 그 어떤 균이나 병보다 생명력이 긴 게 추문醜聞이니까. 아버지는 우물물 보듯 식은 커피를 응시했다. 그러곤 당장 자신에겐 그것 말곤 잡을 것이 아무것도 없다는 듯이 손에서 잔을 놓지 않았다. 그 손은 부정을 가려내는 손, 원칙을 세우는 손, 폴트fault와 더블폴트double fault를 외치는 손이었다. 동시에 몇 년 만에 만난 아들 앞에서 어쩔 줄 몰라하는 손이기도 했다. 카페 천장 모서리에 달린 스피커에서 끊임없이 댄스가요가 흘러나왔다. 누군가 양동이에 소음을 담아 우리 머리 위에 쏟아붓는 기분이었다. 게다가 옆자리의 학생들이 몇십 분째 누군가를 맹렬히 헐뜯는지라 나는 그만 머리가 아플 지경이었다. 걔가? 그 교수랑? 어머, 어떻게 그래? 타인이 아닌 자신의 도덕성에 상처 입은 얼굴로 놀란 듯 즐거워하고 있었다. 나도 잘 아는 즐거움이었다.

아버지는 집에서 미리 준비해왔을, '대화에서 용건을 뺀 나머지 말'을 다 하고 난 뒤 난처해했다. 한참 말이 없다 탁자 위의 휴대전화가 지이잉— 몸을 떨자 화들짝 놀랐다. 아버지는 그 큰 손으로 뜨거운 것을 만지듯 휴대전화를 감싸쥐었다. 한 손으로 입을 가리며 "어, 만났어. 어, 어, 이따 전화할게" 속삭였다. 얼마 뒤 내가 이만 조교실로 돌아가봐야 한다고 하자 아버지는 그제야 탁자 위에 무언가 꺼내놓았다. 검정색 겉면에 잔물결 무늬가 박힌 고급스러운 상자였다. 상자 위엔 만년설을 상징하는 눈송이가 조붓이 박혀 있었다. 아버지는 내게 축하한다며 뭐라 관습적인 말을 했다. 그러고는 졸업식 때 못 가볼 것 같다고, 마치 다른 때는 잘 왔던 사람인 양 말했다.

그뒤 아버지를 만난 적은 없다. 오 년 전, 결혼식장에서 한 번 봤지만 그건 '만났다'기보다 '스쳤다'고 하는 편이 맞았다. 아버지는 아버지의 자리에 잠깐 있었다. 어머니와 내가 원하는 방식으로, 바랐던 시간만큼 있었다. 어머니는 사돈댁에 흉잡히지 않으려면 어쩔 수 없다는 듯 아버지와 사진을 찍었다. 그러고는 프로게이머, 프로골퍼 할 때 '프로' 부모처럼 식이 끝날 때까지 미소를 잃지 않았다.

며칠 뒤 신혼여행에서 돌아오고 보니 본가에 소포가 하나 와 있었다. 아버지가 내 앞으로 보낸 결혼 선물이었다. 티브이를 보고, 차를 마시고, 현관을 나설 때까지 내가 소포에 관심을 갖지 않자 결국 아내가 박스를 뜯었다. 상자 안에는 어딘가 믿음이 가지 않는 상표의 홍삼진액이 가득 들어 있었다. "차에 실을까?" 아내 말에 묵묵히 고개 저은 기억이 난다. 아버지가 테니스 심판 일을 관두고 건강 보조 식품을 팔러 다닌단 소문을 들은 것도 그즈음이었다. 그러다 무슨 스포츠 용품점에서 일했다던가, 도배 기술을 배웠다던가. 드문드문 소식을 접한 게 근 이십 년인데, 최근 동네 친구로부터 '길에서 너희 아버님을 뵈었다'는 얘길 들었다. 남구로 인력시장 근처였는데 너무 변하셔서 하마터면 못 알아볼 뻔했다고. 내가 별 대꾸를 않자 녀석은 맥주잔을 만지다 아무래도 자기가 잘못 본 것 같다고, "어쩐지 좀 이상하더라"며 화제를 돌렸다.

'다른 집' 사람이 된 뒤에도 '우리집' 행사를 챙기는 건 아버지가 자주 해온 일 중 하나였다. 두 눈을 가린 사람이 손끝 감각에 의지해 사물의 이름을 알아맞히듯, 아버지는 '선물'의 형식을 빌려 인생의 중요한 마디마디를 더듬고 기념하려 애썼다. 내가 알기론 형편이 정말 어려울 때조차 그랬다. 어머니와 헤어진 뒤 아버지는 매달 규칙적으로 우리에게 생활비를 보내왔다. 처음 몇 년은 백만원씩, 어느 날부터 팔십만원씩. 나중에는 오십, 삼십으로 내려간 걸로 안다. 하지만 꽤 오랫동안 보내왔다는 것도. 그러다 마지막으로 보낸 액수가 이만 몇천원이었던가. 입금이 늦어질 경우 아버지는 어머니에게 반드시 연락했다. 아버지는 그런 사람이었다. 한겨울, 방 한쪽에 잘 개어놓은 이불 같은 사람. 반듯하고 무겁고 답답한 사람. 그래서 나는 아버지가 불미스런 일로 학교 일을 관두고 강남 어디 테니스장에서 코치 겸 심판을 맡고 있단 얘기를 들었을 때 아버지와 그 자리가 무척 잘 어울린다고 생각했다. 그뒤 아버지는 고등학교 졸업식 땐 전자사전을, 대학원 입학식 땐 넥타이를, 군 입대 즈음엔 손목시계를 보내왔다. 고심한 흔적이 역력한, 그러나 평범하기 짝이 없는 물건들이었다. 모두가 하는 만년필, 모두가 주는 꽃다발, 그런. 그중 홍삼진액은 내가 아버지로부터 마지막으로 받은 선물이었다. 그러니 언젠가부터 아버지의 안부가 뜸해졌다면 그건 아버지가 무심해진 탓이 아니라 당신 아들이 웬만한 사회적 의례를 다 마칠 만큼 나이든 까닭이었다. 당신 인생에도 내 삶에도 더이상 박수 치며 축하할 일이 생기지 않는 까닭이었다. 그래서 최근 아버지로부터 몇 년 만에 만나자는 연락이 왔을 때, 나는 그게 당연히 아내의 임신 소식 때문인 줄 알았다.

*

한국은 겨울인데 태국은 여름이었다. 일 년에 세 마디, 결이 다른 삼계가 있다지만 나 같은 한국 사람에겐 그저 '보통 여름'과 '후텁지근한 여름' '몹시 더운 여름'으로 느껴질 따름이었다. 관광버스에 앉아 스마트폰으로 한국 날씨와 뉴스, 주가와 환율을 확인했다. 1월. 연이은 한파와 폭설 속에서도 한국은 여전히 분주해 보였다. 반면 차창 너머 여름은 느긋했다. 푸르고 풍요롭고 축축해 보였다. 그리고 그렇게 낯선 나라에서 모국어로 된 정보를 들여다보고 있자니 손에 스마트폰이 아닌 스노볼을 쥔 기분이었다. 유리볼 안에선 하얀 눈보라가 흩날리는데, 구 바깥은 온통 여름인. 시끄럽고 왕성한 계절인, 그런. 아내는 여기까지 와서 인터넷을 하냐며 핀잔을 줬다. 무릎 위에는 벌써 몇 개째 까먹은 멍키바나나 껍질이 쌓여 있었다. 아내는 집에서와 마찬가지로 나를 스마트폰

중독자 취급했지만 내가 굳이 태국까지, 그것도 가족 여행에 국제 전화 로밍 서비스를 해온 이유는 따로 있었다. 나는 기다리는 전화가 있었다.

지난해, 일주일에 세 번 교외로 강의를 나갔다. K시에 자리한 모 전문대학과 사립대학 두 곳의 수업을 맡아서였다. 그중 B대에 개설된 '문화이론 세미나'는 아침 아홉시에 시작해 서둘러야 했다. 집에서 남부터미널까지 한 시간, 터미널에서 K시까지 한 시간 반, 학교 정문에서 강의실까지 십오 분, 왕복 다섯 시간이 넘는 거리였다. 날이 궂을 땐 학교 버스 정류소에서 우산을 든 채 아이들과 긴 줄을 섰다. 어느 땐 내 강의를 듣는 학생들과 동석하는 게 머쓱해 학교 주변을 배회하다 차에 오르곤 했다. 그래도 버스 안에서 내게 묵례하는 학생이 있었다. 어쩌다 만원 버스에 나란히 앉기라도 하면 어색함은 배가 됐다. 같은 거리라도 서울로 올라가는 길은 K시로 내려갈 때보다 길게 느껴졌다. 금요일 오후 수업을 마치고 귀가할 땐 더 그랬다. 고속도로 정체 구간에선 자주 오줌이 마려웠다. 서울 터미널에 도착하면 공중화장실부터 찾았다. 그래도 요의는 쉽게 가시지 않았고, 지하철을 타고 집으로 이동하는 동안 오줌보는 점점 더 크게 부풀었다. 집에 오자마자 신을 벗고 허둥지둥 화장실로 향했다. 그러곤 문도 닫지 않은 채, 뒤에서 아내가 보고 있는 것도 모르고, 매번 엄청난 양의 오줌을 콸콸 쏟아냈다.

모교에서 첫 강의를 '트고', 이 고장 저 고장으로 강의를 나가기 시작했을 때, 고속도로 주변에 펼쳐진 풍경을 보며 좀 심란했다. 여행중 몇 번 오간 길인데도 그랬다. 풍경이 더이상 풍경일 수 없을 때, 나도 그 풍경의 일부라는 생각이 든 순간 생긴 불안이었다. 서울 토박이로서 내가 '중심'에 얼마나 익숙한지, 혜택에 얼마나 길들여졌는지 새삼 깨달았다. 그리고 그 때문에 내가 어떻게 중심으로부터 멀어지고 있는지 잘 보였다.

해가 지면 벌판 위로 순식간에 어둠이 내려앉았다. 지방 소도시는 서울보다 저녁이 빨리 찾아왔다. 강의를 마치고 버스에 오르면 온몸에 긴장이 풀렸다. 더불어 이상한 흥분과 각성도 약기운마냥 맴돌았는데, 어느 땐 누가 아무리 어려운 질문을 해도 대답해줄 수 있을 것 같은 착각이 들었다. 길에서 맞는 어둠은 매번 낯설었다. 밖은 깜깜해 지금 내가 지나는 데가 어딘지, 목적지까지 얼마나 남았는지 가늠하기 어려웠다. 그럴 땐 내가 어딘가 무척 먼 곳에 와 있는 느낌이 들었다. 버스는 '도시가 아니면서 도시가 아닌 것도 아닌' 공간을 한참 가로질렀다. 미분양 아파트와 아웃렛, 비닐하우스와 공장, 공원묘지와 화원, 진흙오리구이며 장어구이 따위를 파는 보양식당과 프로방스풍 모텔을 비껴갔다. 수도와 지방의 이음매는 무성의하게 시침질해놓은 옷감처럼 거칠었다. 어둠 너머론 논과 밭이 지루하게 계속 이어졌다. 그러다 서울 톨게이트 쯤 오면 꼬리를 길게 늘인 자동차 행렬이 거짓말처럼 나타났다. 수많은 불빛이 빨갛게 달아오른 채 중심을 향해 빨려들어갔다.

팔 년 전 강의를 처음 맡게 되었을 때 나는 신입 사원처럼 좀 들떠 있었다. 갑갑한 도서관을 벗어나 나도 이제 사회적인 '활동'이란 걸 좀 해보나 싶고, 어머니와 여자친구에게 면이 서는 것 같아서였다. 동시대 대중가요나 애니메이션 자료를 이용해 신선한 커리큘럼을 짜는 것도 재미있었고, 미혼의 '젊은 강사'에게 호의적인 눈빛을 보내는 학생들의 태도와 지적 긴장도 싫지 않았다. 강의 자체가 지닌 연극성이랄까, 많은 사람 앞에서 '떠들어야' 하는 직업이 주는 흥분과 수치조차 마음에 들던 때였다. 대학은 대학인지라 봄에는 연두가, 가을에는 주황이 어여뻤다. 애들은 애들인지라 순수한 동시에 예민했고 가끔은 탄식이 나올 정도로 교만하거나 무지했다. 캠퍼스 안에는 성적 괴팍함과 도덕적 우월감이 섞인 채 부유했다. 더불어 알 수 없는 패배감과 무력감도 무거운 공기처럼 맴돌았는데, 휴학과 편입이 잦은 곳일수록 심했다. 그렇다고 이름 있는 대학의 학생들이라 해서 크게 다르진 않았다. 십대 시절 이미 밀도 높은 학원 강의를 경험한 친구들은 강사들의 웬만한 노력 앞에서 감탄하지 않았다. 명배우를 익히 봐온 관객마냥 심드

렁했다. 학점 관리와 아르바이트, 취업 준비로 고등학생들보다 더 지쳐 있었다. 물론 나도 초보 강사 시절의 의욕과 기대를 많이 잃었다. 강의 후 실수를 복기하며 며칠씩 후회하는 일도 줄고, 강의 실서 마저 못한 말을 중얼대다 잠자리서 아내를 놀라게 하는 일도 드물어졌다. 학생들과 진지한 대화를 나눈 뒤, 그저 성실한 강사이면 될 것을 오늘 나는 왜 '선생'이려고까지 했을까 후회하는 일은 여전하지만. 졸거나 스마트폰 만지는 학생을 적당히 모른 척하고, 무례한 질문에 놀라지 않으며, 관계보다 실무에 더 신경쓰는 사람이 됐다. 어쩌면 프로야구 선수, 프로골퍼 할 때 '프로' 강사에 가까워졌다 할까. 그런 내게 최근 프로 강사가 아닌 다른 자리에 앉을 기회가 왔다.

곽교수를 처음 만난 건 일 년 전 봄이었다. 학교 앞 정류소에서 버스를 기다리는데, 저 아래서 곽교수 비슷한 사람이 걸어오는 게 보였다. 곽교수는 B대에 생긴 지 얼마 안 된 문화콘텐츠학과 학과장이었다. 나는 그가 몇몇 티브이 프로그램에 패널로 나온 걸 본 적 있었다. 하지만 그도 나를 아는지 의문이었다. 잠시 인사를 할까 말까 망설이는데 그가 먼저 반갑게 알은체를 했다.

—이정우 선생님이시죠?

나는 엉거주춤 묵례했다. 곽교수 뒤로 과 조교와 학생 몇몇이 보였다. 낮술을 했는지 얼굴들이 불콰했다. 곽교수가 악수를 청하며 '최선생님에게 얘기 많이 들었다'고, 내 은사가 잘 있는지 물었다. 그러곤 버스 시간표를 흘깃 살핀 뒤 내게 '어디 사시냐'고 했다. 서울이라 답하자 그는 서울 어디냐며, 자기 집은 서초라고, 괜찮다면 남부터미널까지 태워주겠다고 했다.

  곽교수가 시동을 거는 동안 나는 무릎을 모은 채 조수석에 잠자코 앉아 있었다.
  ─그런데 그건 뭔가요?
  그가 내 다리 아래 놓인 '비타500' 상자를 보고 물었다.
  ─학생이 줬나?
  ─아, 네.
  안전벨트를 매며 그에게 '약주 하신 것 같은데 괜찮으시냐' 물었다. 곽교수는 '반주로 딱 한 잔' 했다며 걱정 말라고 했다. 이쪽 길은 눈감고도 갈 수 있다고. 사실 방금 전에 2차 가려 했는데 요즘은 학생들이 교수보다 더 바쁜 것 같다고, 붙잡으면 오히려 눈치가 보인다며 아쉬워했다. 내색은 안 했지만 나는 곽교수와 동석한 게 은근 기뻤다. 실은 그날도 곽교수의 연구실에 들렀다 문이 잠긴 걸 보고 그냥 돌아 나온 참이었다.
  ─그래도 참 남의 얘기 열심히 듣는 나이인 거 같아.
  ─네?
  ─애들 말이에요. 선생 대우해주느라 그냥 듣는 척하는 건진

몰라도. 같은 척이라도 내가 하는 거랑 다르다니까. 술자리서 교수들이 떠들 때 나는 느슨하게 들어요. 음, 저 말은 지루하군. 음, 저 얘기는 건질 만하네. 골라가며 듣는다고. 근데 애들은 안 그래. 똑같이 지루한 얘길 들어도 더 열심히 지겨워하고 더 열심히 저항한단 말이야.

너무 가만히 있는 것도 예의가 아닌 것 같아 소극적인 추임새를 넣었다.

—그렇죠.

—그죠? 그게 젊음이지. 어른이 별건가. 지가 좋아하지 않는 인간하고도 잘 지내는 게 어른이지. 안 그래요, 이선생?

이럴 땐 뭐라 해야 하나. 그렇다 하면 위선자 같고 아니라 하면 점잔 빼는 것처럼 보일 텐데…… 갈등하는 사이 곽교수가 말을 이었다.

—호오好惡가 아니라 의무지. 몫과 역을 해낸다고 생각하면 되는데. 사람 재는 자가 하나밖에 없는 치들은 답이 없어요. 아주 피곤해.

정확히 어떤 맥락에서 하는 말인지 알 수 없지만 앞서 하던 얘길 잇는가보다 싶어 거들었다.

—아직 어려서 그럴 겁니다.

—아니, 교수들 말이야.

곽교수는 '단계' 없이 대화하는 사람이었다. 좋게 말하면 직관적이고 나쁘게 보면 제멋대로인. 다른 사람 눈치를 보지 않아도 손해 보지 않는 환경에서 살아왔거나 반대로 그렇게 잃은 것들을 향해 복수하듯 떠들어대는 성격인 듯했다. 그런데 그게 마냥 수다스럽지만은 않아 힘을 빼고 높은 패를 던질 땐 '선수' 같았다. 곽교수는 자신이 이공 계열 교수들과 친하다며 그 판 사람들은 꼬인 게 덜해 좋다고 했다. 책은 우리랑 비슷하게 읽는 것 같은데 원한이 없어 편안하다고. 나는 그것도 일종의 착시 아닐까 생각했지만 토 달지 않았다. 화제는 자연스레 문화판 쪽 이야기로 흘러갔다. 곽교수는 나도 아는 몇몇에 대한 가십과 인상비평을 늘어놓다 한 학자의 이름이 나오자 흥분했다. "내가 그 자식 질을 아는데" 하고 운을 떼며 그 사람이 얼마나 졸렬하고 권력 지향적인 사람인지 설명했다. 그러니까 이선생도 앞으로 '눈 흘기는 척 침 흘리는' 인간들을 조심하라고.

—공정한 척 우아하게 비판하지만 실은……

곽교수가 비정하게 혼잣말하듯 중얼댔다.

—몸살이 날 정도로 부러운 거지.

곽교수는 자동차를 능숙하게 몰았다. 차가 좋아 그런지 타고난 운전 솜씨 덕인지 알 수 없었다. 아닌 게 아니라 서울까지 눈감고도 갈 만한 실력이었다. 그는 내게 평소 학교까지 어떻게 오느냐고 물었다.

　─전에 차가 있었는데 강의가 끊겼을 때 없앴습니다.

　곽교수는 별로 놀라지 않는 투로 '그럼 그때 어떻게 살았느냐'
고 했다. 나는 '그냥 어떻게 살았다'고 했다. 그리고 곽교수의 '별
로 놀라지 않는 투'가 고맙다고 생각했다. 어느 화제든 상대의 진
심도, 대가도 요구하지 않는 태도가 담백하고 노련했다. 나는 창
밖으로 펼쳐진 논과 밭에 눈길을 줬다. 초봄이라 산과 들에 아직
푸른 기가 덜했다. 학교를 벗어난 지 얼마 안 돼 길이 막히자 곽교
수는 핸들 위의 손을 까닥이다 '길에다 돈 버리는 건 질색'이라고
했다. 그러곤 초조하고 불쾌한 기색을 보이더니 '이럴 때 가는 길
이 있다'며 핸들을 꺾었다.

　─이제 좀 운전할 맛 나네.

　곽교수가 가속페달을 밟으며 한결 느긋해진 투로 말했다. 전반
부에 하고 싶은 말을 웬만큼 다 쏟아낸 이의 여유 같았다. 곽교수
와 나 사이에 잠시 나른한 정적이 흘렀다. 출발하고 처음 맞은 고
요였다. 곽교수가 조용히 콧노래를 부르며 오디오 볼륨을 높였다.
고성능 스피커에서 1940년대 스윙재즈가 흘러나왔다. 나도 즐겨
듣는 곡이었다. 곽교수가 곡의 흐름을 타며 고개를 살짝 흔들었
다. 차창 너머로 짓다 만 아파트와, 황량한 벌판에 목 긴 공룡 화
석마냥 박혀 있는 대형 크레인이 보였다. 도심으로 출하할 붉은

과일이 익어가는 비닐하우스 단지와 유럽 어디 중세 성 모양을 본 뜬 무인 모텔도 눈에 띄었다. 승차감 좋은 차 안에서 새 가죽 냄새를 맡으며 재즈 연주를 듣고 있자니 어쩐지 창밖 지루한 풍경이 그럭저럭 견딜 만한 삶의 배경처럼 느껴졌다. 곽교수에게는 제법 익숙한 삶의 감각일까. 그나저나 인물평이 입에 밴 이 사람이 다른 이들 앞에선 나를 뭐라 말할까. 곽교수는 내게 과 분위기는 어떤지 학생들의 태도나 반응은 나쁘지 않은지 물었다.

— 그래도 우리 애들 착하죠?

— 예, 그럼요.

— 그럼, 착하지. 선생들도 그렇고.

곽교수가 묘한 미소를 지으며 내게 가산점을 주듯 말했다.

— 그나저나 이선생은 여기 공기 좋단 말 안 해서 좋네.

그러고 얼마나 지났을까. 곽교수가 갑자기 급브레이크를 밟았다. 순간 체중이 앞으로 확 쏠렸다. 온몸이 좌우로 흔들렸다. 곽교수는 핸들을 움켜쥔 채 잠시 얼어 있었다. 자신이 뭔가 친 것 같은데 그게 뭔지 몰라 혼란과 충격에 빠진 모습이었다. 곽교수가 가까스로 정신을 가다듬은 뒤 거의 동물적인 감각으로 제일 먼저 운전대 옆 서랍에서 목캔디를 꺼냈다. 우두둑 우두둑 곽교수가 사탕 깨무는 소리를 들은 뒤에야 어쩌면 그가 '반주로 딱 한 잔'만 한 게 아닐지도 모른다는 생각이 들었다.

도로 위에 한 여자아이가 쓰러져 있었다. 아이는 충격을 받은 듯 얼이 빠져 있었다. 동시에 꽤 침착해 보이기도 했는데, '일단 병원부터 가자'는 말에 '그전에 엄마에게 전화하고 싶다'는 의사를 표했다. 교복 아래 무릎에 살짝 피가 비쳤지만 다행히 크게 다친 곳은 없는 듯했다. 곽교수의 얼굴에 살짝 안도감이 스쳤다. 아이가 제 엄마와 통화하는 사이 곽교수가 갓길 한쪽으로 나를 불러 세웠다. 그러곤 "이거 참 어떡하나, 이를 어쩌지" 하고 머뭇거렸다. 봄이라지만 바람이 꽤 쌀쌀했다. 덩치 큰 화물차가 우리 옆을 지날 때마다 거대한 먼지바람과 소음이 일었다. 몇몇 운전자가 갓길 풍경에 흥미를 보이며 차창 밖으로 고개를 내밀어 우릴 내다봤다. 곽교수는 그런 구경꾼들의 시선이 불편한지 도로를 등진 채 나를 바라봤다. 그러곤 이런 일은 자기도 처음이라고, 조만간 승진 시험이 있는데 아주 곤란하게 됐다며 주저하다 입을 뗐다.

—이선생, 오늘 이거……

—네.

—이 사고, 아니 이 차 말이야.

—……

—이선생이 몬 걸로 하면 안 되겠나?

*

—자, 곧 산호섬에 도착할 텐데요. 다들 바다 좋아하시죠?

가이드가 마이크를 잡고 넉살을 떨었다.

—그런데 여행하다보면 꼭 비관주의자 캐릭터가 한 분씩 계십니다. 어디 이동할 때마다 어휴, 난 가만있을래, 난 원래 술 싫어해, 난 원래 먹는 거 안 좋아해, 난 번잡한 거 싫어, 더워, 비싸, 안해, 그러시는데요.

버스 여기저기서 작은 웃음소리가 터져나왔다.

—그래도 언제 우리가 또 여기 와보겠습니까. 산호섬 도착하면 제발 가만 계시지 말고 바닷물이라도 드세요. 그게 남는 겁니다.

—엄마.

—응?

—저기 서봐.

어머니가 카메라를 응시하며 사십오 도가량 몸을 틀었다. 풍경을 배경으로 가져본 적 없는 세대의 어색한 경직성이었다.

—엄마.

—어?

—여기 보고.

어머니의 등뒤로 낮게 깔린 구름이 보였다. 잿빛 구름 사이로 알록달록 수백 개의 낙하산이 아름답고 기이하게 떠 있었다. 날이 흐려 그런지 낙하산은 비관에 잠긴 해파리떼처럼 보였다. 저쪽에 선 벌써 '우리 팀' 어머님들이 훌렁훌렁 윗도리를 벗고 바다로 뛰어들고 있었다. 화려한 수영복과 대조적으로 맨살 아래 드러난 하지정맥류가 눈에 띄었다. 양 무릎에 네모난 파스를 붙이고 나온 어떤 분은 무려 비키니 차림이었다. 오랜 세월 영등포 시장에서 함께 장사를 하다 이 기회에 놀러왔다는 어머님들이 서로에게 물을 끼얹으며 까르르대자 어머니가 부러운 눈길을 보냈다. 눈치 빠른 아내가 튜브 위에 어머니를 태우고 이리저리 움직였다. 그때서야 어머니도 아이처럼 환하게 웃었다. 나는 얕은 물에 발만 담근 채 두 사람의 모습을 부지런히 카메라에 담았다. 한편으론 가방 안에 두고 온 휴대전화가 계속 신경 쓰였는데, 그사이 혹 대학에서 연락이 오면 어쩌나 싶어서였다. 찍은 사진들을 잠시 확인하는 척하며 해변으로 시선을 돌렸다. 멀리 파라솔 아래 선글라스 낀 가이드가 우리 짐을 지키며 근사하게 탄산음료 들이켜는 모습이 보였다.

몇 해 전부터 해외여행 목적으로 적금을 들었다. 한 달에 이십만원씩 꼬박 이 년을 모은 거였다. 어머니는 작년 10월에 환갑을 맞았다. 하지만 수업을 거르는 게 부담돼 내가 행사를 올 1월로 미루자 했다. 그러니 어머니 입장에서 이번 여행은 예순하나가 아닌 예순두 살에 치르는 환갑잔치인 셈이었다. 출국 첫날 자정 넘어 방콕에 도착했다. 공항 터미널 주위의 매연과 습도를 뚫고 관광버스에 오르니 우리와 같은 여행 상품을 고른 사람들이 이미 자리해 있었다. 영등포에서 곗돈 모아 놀러왔다는 어머님 무리와 자녀들과 똑같은 샌들을 맞춰 신은 중년 부부, 아무도 묻지 않았는데 굳이 '결혼할 사이'라 밝힌 젊은 커플 이렇게 세 팀이었다. 여행 첫날부터 어머니는 기회가 닿을 때마다 우리 아들이 교수라고 자랑했다. 내가 아무리 손사래 치며 아니라 해도 '그게 그거'라며 우겼다.

패키지 구성 중 우리가 택한 건 '세 밤 자는 사박 오일' 상품이었다. 정해진 식당에서 밥을 먹고, 지정된 기구를 타고, 별 필요 없는 물건을 사고, 사소한 불만과 피로가 쌓일 즈음 전통 마사지를 받고, 하루 한 끼 정도는 김치찌개나 삼겹살을 먹는, 판에 박힌 일정이었다. 일상 위에 가짜 크리스털처럼 박힌 비일상성과 만나 반갑게 손 흔든 뒤, 돈 쓰고 헤어지는. 하지만 아무래도 좋았다. 이번 여행은 우리 부부가 아닌 어머니를 위한 거니까. 다행히 어머니는 지치지 않고 가이드의 걸음 속도를 잘 쫓았다. 물론 누군가를 깎아내리거나 끊임없이 불평하는 버릇은 여전했다. 가끔은 듣는 내가 다 민망할 정도였다. 어머니는 이전에도 할 수 있는 한 많은 이들에게 자기 남편이 얼마나 형편없는 인간인지 폭로하려 애썼다. 그래서 한때 내게 어머니는 모든 사람이 아버지를 싫어하게 만든 뒤 자기 혼자 사랑하려 작정한 것처럼 보였다. 아버지와 헤어진 후 어머니는 비난의 대상을 주위 사람들로 바꿨다. 저 여자는 머리가 왜 저런지 모르겠다, 저 아저씨 밥을 너무 무식하게 먹지 않니, 애를 저렇게 입히면 어쩌니. 다른 이들의 사소한 결점을 헐뜯으며 자존심을 지키려 했다. 그런 어머니가 두 시간가량 정성스런 왓포 마사지를 받고 난 뒤 비 갠 듯 맑은 얼굴로, "누가 내 몸을 이렇게 오래 만져준 게 얼마 만인지 모르겠다"고, "아가씨가 스킨십을 하도 오래 해줘서 하마터면 정들 뻔했네"라고 말했을 땐 처음으로 태국에 오길 잘했단 생각이 들었다.

여행 일정은 대체로 만족스러웠다. 오늘은 산호섬 구경을 마치고 저녁에 노천 바로 킥복싱과 뱀쇼를 보러 갈 예정이었다. 호텔로 돌아가는 버스 안에서 어머니는 물놀이의 노곤함을 못 이기고 꾸벅 졸았다. 가이드는 직업 정신을 발휘해 이동시간 중 관광객의 무료함을 달래주려 퀴즈를 냈다.

─여러분, 태국 사람들이 한국에 가면 꼭 먹는 음식이 있는데요, 그게 뭘까요. 맞히시는 분, 제가 선물 드리겠습니다.

혹 학교에서 연락이 안 왔나 휴대전화를 살폈다. 부재중 전화 세 통, 문자메시지 하나가 와 있었다. 순간 가슴이 쿵쾅댔지만 발신인을 확인하곤 이내 실망했다. 벌써 몇번째인지 몰랐다. 아내가 내 쪽으로 상체를 기울이며 말했다.

—누구야?

—아버지.

—불고기!

—또?

—아닙니다.

—아직 마음 못 정했어?

—응.

—그거 빨리 답해드려야 하는 거 아니야?

—삼겹살!

—응.

—된다, 안 된다 정도 답신이라도 드리지그래?

—아닙니다.

—상황 좀 보고.

—김치찌개!

—학교에선 아직 연락 없어?

—아, 아쉽네요.

—학교 홈페이지라도 들어가보지그래?

—이미 들어가봤어.

휴대전화로 시선을 돌리며 아버지가 보낸 문자를 다시 읽어보
았다. 정우야, 시간 날 때 연락 줄래. 정우야, 문자 보면 전화 주

렴. 정우야, 바쁘니. 아주 가끔 오던 문자가 요즘 들어 하루 한 개 이상 도착했다. 따로 기다리는 전화가 있는 터라 휴대전화 진동음이 울릴 때마다 나는 깜짝깜짝 놀랐다. 복잡한 마음에 창밖으로 시선을 돌리는데 버스 앞쪽에서 "정답은 삼계탕"이라 외치는 소리가 들려왔다.

*

지난가을 B대학에 강의가 하나 늘었다. 그렇지만 나는 그게 '그 일'과 별로 상관없는 거라 믿었다. 곽교수는 별 탈 없이 정교수로 승진했고, 나 또한 전과 같은 생활을 이어갔다. 그 사고로 특별히 일어난 변화는 없었다. 운전면허에 벌점이 부과됐지만 어차피 내겐 차가 없었고, 보험료도 곽교수가 계산했다. 그뒤 B대 수업을 마치고 두어 번 곽교수와 밥을 먹었다. 곽교수는 내 잔에 술을 따르며 "내가 자네에게 신세졌네"라는 말을 반복했다. 이따금 아내는 침대 위에서 불길한 듯 물었다.

　—여보, 그애 말이야.

　—누구?

　—그 차에 치이고도 멀쩡했다는 애.

　—걔가 왜?

　—정말 아무 이상 없다고 했지?

—어.

—그런데 나중에 문제 생기면 어떻게 해? 교통사고 후유증은 일이 년 뒤에 나타나기도 한다잖아. 그러면 우리 정말……

—아니, 그럴 리 없을 거야.

강의를 마치고 돌아올 때 종종 버스 창문에 얼비친 내 얼굴을 바라봤다. 그럴 땐 '과거'가 지나가고 사라지는 게 아니라 차오르고 새어나오는 거란 생각이 들었다. 살면서 나를 지나간 사람, 내가 경험한 시간, 감내한 감정 들이 지금 내 눈빛에 관여하고, 인상에 참여한다는 느낌을 받았다. 그것은 결코 사라지지 않고 표정의 양식으로, 분위기의 형태로 남아 내장 깊숙한 곳에서 공기처럼 배어 나왔다. 어떤 사건 후 뭔가 간명하게 정리할 수 없는 감정을 불만족스럽게 요약하고 나면 특히 그랬다. '그 일' 이후 나는 내 인상이 미묘하게 바뀐 걸 알았다. 그럴 땐 정말 내가 내 과거를 '먹었다'는 생각이 들었다. 그 소화는, 배치는 지금도 진행중이었다.

개강 후 얼마 지나지 않아 B대학 문화콘텐츠학과에 교수 임용 공지가 났다. 한날 수업을 마치고 곽교수의 방에 들렀다. 빈손으로 가기 뭣해 정관장서 파는 홍삼진액을 한 상자 사들고 문을 두드렸다.

—저, 이거.

—아이고, 뭘 이런 걸 사와요. 여하튼 사온 거니 받을게. 그런데 사실 나 몸에 열이 많아 삼이 잘 안 받아.

　곽교수가 내게 중국 출장길에 사왔다는 고급 보이차를 내주었다. 그러곤 오디오와 만년필의 세계 못지않게 차茶의 세계가 얼마나 무궁무진한지 설명하며 내 반응을 기다렸다.

　—아, 정말 좋은데요.

　유난스럽지 않은 동시에 진솔해 보이려 부러 낮은 소리로 답하자 그가 어깨를 들썩였다.

　—그 정도는 아무것도 아니야.

　곽교수가 찻잔을 천천히 입으로 가져갔다.

　—진짜 좋은 거, 정말 좋은 거. 그런데 대다수는 영영 모를 거. 그런 게 세상 어딘가에 엄연히 존재한다는 걸 생각하면 놀랍지 않아요, 이선생?

　—그렇죠.

　진짜 좋은 거, 정말 좋은 게 뭔지도 모르면서 나는 그렇게 답했다. 막연히 내가 좋아하는 음악, 영화, 술 따윌 떠올리며 적어도 그 근처는 가보지 않았을까 가늠했다. 곽교수는 내 은사 최선생님의 근황을 비롯해 이런저런 안부를 물었다. 그러다 우연찮게 임용 얘기가 나왔는데, 곽교수가 의아한 얼굴로 잠시 나를 바라보다 쾌활하게 웃으며 '긴장한 것 같은데 그냥 편하게 준비하라'고 했다. 나는 겸연쩍어 두 손으로 괜히 찻잔을 감쌌다. 한 손에 쏙 들어오는 다기의 온기가 따뜻했다. 천천히 차를 들이켜며 곽교수의 방을 둘러봤다. 무령왕릉 벽돌처럼 내 주위를 빙 둘러싼 책이 좋아 그랬는지 차가 달아 그랬는지 이상하게 방에서 나가고 싶지 않단 기분이 들었다.

아버지를 만난 건 태국에 오기 며칠 전이었다. 공들여 임용 지원서를 준비하고 시강까지 마친 뒤 면접 결과를 기다리던 차였다. 아버지는 나를 만나 상의하고 싶은 게 있다 했다. 오 년 전 결혼식장에서 본 뒤로 처음이었다. 살짝 불길한 예감이 일었지만 '설마 그 정도 인간은 아니겠지' 싶어 날을 잡았다. 굳이 안 나가도 되는 자리였지만 어쩌면 아버지가 비로소 내게 사과하고 싶어진 건지도 모른다는 기대가 조금 일었다. 이제 와서 해명한다고 받아줄리 만무했지만 일단 뭐라 하는지 듣고 싶었다. 어쩌면 오래전 내게 만년필을 보내고 넥타이를 선물한 마음으로 아직 태어나지 않은 자기 손자를 챙기려는 건지도 몰랐다.

아버지는 전보다 더 늙어 있었다. 아마 아버지의 눈에 비친 나도 그랬을 거다. 총기 흐려진 눈, 주관과 편견이 쌓인 입매, 경험에 의지하는 동시에 체험에 갇힌 인상을 보았을 거다. 아버지가 나를 보자 한 건 돈 때문이었다. '설마' 하고 나갔는데 과연 그랬다. 그것도 정확히 얼마 필요하단 말은 않고 "너 형편 되는 대로

만……"이라 얼버무렸다. 그러면서도 돈을 정확히 어디에 쓰려는지 말이 없었다. 형편 되는 대로라니. 아버지는 요즘 강사 시급이 대체 얼마인 줄이나 알고 저러는 걸까. 그 몰염치가 어이없고, 그 주저가 갑갑해 내 쪽에서 먼저 입을 열었다. 될 수 있는 한 빨리 대화를 맺고 자리를 뜨고 싶어서였다.

—어디 아프기라도 하세요?

아버지가 천천히 고개를 끄덕였다. 그렇구나. 그렇겠지. 차마 그냥 달라고는 못하겠으니까 빌려달라는 거구나. 아버지 생애에 그걸 갚을 수 있을까. 연민 대신 짜증이 솟구쳤다. 그래서 그만 나답지 않게, 지금 생각해도 무척 무례하고 상스러운 말을 뱉고 말았다.

—뭐, 암이라도 걸리셨어요?

아버지가 다시 고개를 주억거렸다. 나도 모르게 쓴웃음이 났다. '암이라니, 참 전형적으로 사신다……'

아버지가 헛된 기대를 품지 않도록 최대한 사무적인 투로 물었다.

—어디가요?

아버지가 기름기 없이 부르튼 입술을 달싹이다 입을 열었다.

—아니. 나 말고. 그 사람이.

*

　—자, 이제 곧 라텍스 공장에 도착할 건데요. 안 사도 되니까 편하게 구경해보세요. 특히 우리 남편분들 이런 데 오면 자꾸 하늘 보면서 저한테 흡연실이 어디냐고 물어보시고 언제 끝나느냐 재촉하시는데, 그러지 말고 들어가 침대에도 한번 누워보시고 베개도 안아보시고 그러세요. 정말 느낌이 다릅니다.

　자녀들과 똑같은 디자인의 샌들을 신은 중년 남자가 손을 번쩍 들고 물었다.

　—공장에서 달러도 받나요?

　가이드가 기분좋게 답했다.

　—아이고, 그럼요. 북한 돈 빼고 다 받아요. 자, 이제 들어가 즐길 수 있으면 즐기고 훔칠 수 있으면 훔치세요.

　버스에서 내려 대형 컨테이너 건물 안으로 들어갔다. 공장 직원이 우리를 상품 진열대로 곧장 안내하지 않고 회의실 비슷한 작은 방으로 데려갔다. 그러곤 여러 가지 시각 자료를 이용해 '인생의 삼분의 일을 차지하는 수면의 중요성'에 대해 설명했다. 우리 일행 중 한 명을 앞으로 나오게 해 볼펜 깐 매트리스에 누인 뒤 '배기는 데가 하나도 없다'는 증언도 받아냈다. 다음 순서는 각자 자유롭게 홀을 누비며 물건을 고르는 거였다. 영등포 어머님들이 여기저기 침대에 누워 "아이고, 좋다" "아이고" 앓는 소리를 냈다. 어머니와 아내도 각각 매트 하나씩 차지하고 천장을 보며 별이라도 본 듯 웃고 있었다. 오랜 여독이 짧은 휴식을 더 달콤하게 만드는 듯했다. 때맞춰 공장 직원들이 작은 종이컵에 냉커피를 담아 공짜로 돌렸다. 아내에게 잠깐 양해를 구하고 밖으로 나왔다. 공장 앞에서 담배를 연이어 두 대 피운 뒤 곽교수에게 전화를 걸었다. 면접 후 처음 거는 전화였다. 머릿속으로 미리 준비한 대사를 연습하며 세번째 담배를 꺼내 물었다. 휴대전화 연결음이 길게 이어지다 음성사서함으로 넘어간다는 안내가 나왔다. 아쉬움과 안도감이 동시에 일었다. 바닥에 담배를 비벼 끈 뒤 공장 입구로 들어섰다. 그때 내 바지 주머니에서 지이이잉— 휴대전화 진동음이 요란하게 울렸다. 나도 모르게 가슴이 막 뛰었다.

—여보세요?

—……

—아, 네. 맞는데요.

—……

—아…… 그냥 경비실에 맡겨주세요.

아내가 고른 신생아용 라텍스 베개와 어머니가 쓸 매트리스를 결제했다. 재킷 안주머니에서 만년필을 꺼내 배송 주문서를 작성하는데 다시 휴대전화 진동음이 울렸다. 내가 아는 번호였다. 휴대전화를 들고 밖으로 나가자 아내가 불안함과 기대감을 감추지 못한 눈으로 멀리서 나를 바라봤다.

—아, 네. 선생님.

모교 최선생님이었다. 선생님은 내 박사논문 지도교수로 나를 B대에 소개해준 분이었다. 최선생님은 부재중 전화가 찍힌 걸 보고 연락했다며 늦어서 미안하다고 했다. 내 딴에는 겸사겸사 안부 전화를 드린 건데 마음 쓰인 모양이었다. 그런데 대화 도중 최선생님이 내게 자꾸 '위로' 비슷한 말을 건넸다. 그러다 내 반응이 좀 이상하다 싶었는지 '아직 모르고 있었느냐'며, '다음에 또 기회가 있을 테니 낙담하지 말라'고 했다. 목소리에 당황한 티가 역력했다. 애써 마음을 추스른 뒤 몇 마디 감사 인사를 드리고 전화를 끊으려는데 선생님이 조심스레 물었다.

—그런데 자네 그 사람한테 뭐 잘못한 거 있나?

—잘못이요?

—아니 둘 사이에 무슨 문제가 있나 해서.

—아니요, 그런 거 없는데요.

—여기 김교수가 객원 심사위원으로 참여했는데 말이야. 곽교수가 자네를 좀 강하게 반대했던 모양이야. 나한테는 그냥 혼자 알고 있으라 하더라고.

*

—엄마, 저기 서봐. ……엄마, 여기 보고.

비행기 탑승 전 공항에서 마지막으로 어머니의 사진을 찍었다. 창밖 활주로의 불빛이 아름다웠다. 어머니가 나를 보고 미소지었다. 미간 한가운데 깊이 파인 일자 주름이 형식적인 웃음에 메마름을 더했다. 스마트폰 화면에 뜬 사각 테두리가 저 혼자 커졌다 작아지며 스스로 초점을 맞췄다. 어머니 오른쪽으로 맵시 있게 돋은 비행기 날개가 찍히도록 구도를 잡았다. 그러곤 잠시 호흡을 고르며 촬영 단추를 누르려는데 지이잉— 소리가 들렸다. 문자메시지 도착을 알리는 진동음이었다. 동시에 액정 위로 네모난 창이 하나 떴다.

—……

—정우야.

—어?

—무슨 일 있어?

—아니.

—그런데 표정이 왜 그래?

—아무것도 아니야.

아무렇지 않은 듯 다시 스마트폰을 들었다. 사각 프레임 안에 어머니의 얼굴과 아직 사라지지 않은 문자메시지 창이 동시에 잡혔다. 아버지가 보낸 메시지였다. 발신인이 아버지라 이번에도 빤한 내용이려니 했는데 단체 문자였다. 어떤 수사도 채근도 표정도 감정도 담기지 않은 부고計告였다. 휴대전화 위로 고인의 이름과 발인 날짜, 장례식장 위치가 간명하게 떴다.

승무원이 세관신고서와 출입국 카드를 돌렸다. 의자 앞에 붙은 접이식 탁자를 내린 뒤 재킷 안주머니에서 만년필을 꺼냈다. 오래전 책상에 처박아뒀다 '프로' 성인이 된 뒤 순전히 실용적인 이유로 쓰기 시작한 거였다. 강의에 나가고부터 서류에 사인할 일이 많아졌다. 나는 내게 괜찮은 필기구가 있다는 걸 기억해낸 뒤 서랍을 뒤져 만년필을 꺼냈다. 그러곤 자기만의 필기구를 가진 많은 사람들이 그렇듯 종이 위에 제일 먼저 내 이름을 써봤다. 그뒤 통장을 새로 만들고, 혼인신고서를 작성하고, 전세 계약을 할 때마다 그 만년필을 썼다. 그래서 곽교수와 함께 '그 일'을 겪고 며칠 뒤 경찰서에서 조서를 작성할 때도 습관적으로 품안에서 그 펜을 꺼냈다. 그러곤 조서에 서명하기 전, 만년필을 다시 주머니에 넣은 뒤 책상 위에 있던 모나미 볼펜으로 내 이름을 적었다.

아버지를 만난 날, 그러니까 아버지가 내게 돈을 빌리러 집 앞까지 찾아온 날, 아버지에게 전화 한 통이 걸려왔다. 아버지는 팔을 길게 뻗어 발신자 이름을 확인했다. 그때 나는 아버지가 사물을 '그런 식'으로 보는 것에 조금 충격을 받았는데, 오래전 우리를 떠난, 그것도 '여자' 때문에 떠난 젊은 아버지가, 노안老眼이란 걸 깨달아서였다. 아버지는 미간을 찌푸린 채 발신 번호를 판독하려 애썼다. 그리고 그 바람에 내가 휴대전화 화면에 뜬 사진을 뚫어 져라 쳐다보는 걸 눈치채지 못했다. 사진 속 두 사람은 등산복 차림이었다. 아버지와 그 여자는 볼을 맞댄 채 카메라를 보고 있었다. 두 사람 뒤로 탁 트인 하늘과 사방이 울긋불긋하게 물든 겹겹의 산봉우리가 보였다.

'둘이 정상에 올랐나보다……'

조소인지 질투인지 모를 감정이 일었다.

'등산이라니, 참 전형적으로 사신다.'

나는 씁쓸하게 웃었다. 그러면서도 가을 풍경 속에 안긴 두 사람의 얼굴에서 눈을 떼지 못했다. 어쩐지 두 사람이, 좋은 일은 금방 지나가고, 그런 순간은 자주 오지 않으며, 온다 해도 지나치기 십상임을 아는 사람들 같아서였다.

휴대전화 속 부고를 떠올리며 문득 유리 볼 속 겨울을 생각했다. 볼 안에선 하얀 눈이 흩날리는데, 구 바깥은 온통 여름일 누군가의 시차를 상상했다. 창밖으로 아스라이 멀어지는 이국의 불빛이 보였다. 비행기 유리창에 비친 내 얼굴을 멍하니 응시하다 휴대용 안대를 쓰고 의자를 뒤로 젖혔다. 한국으로 돌아가는 여섯

시간 동안 일단 아무 생각도 안 할 작정이었다. 잠을 청하려 천천히 숨을 고르는데 속에서 기체인지 액체인지 모를 무언가가 뜨겁게 치밀어올랐다. 마른침을 삼키며 침착하게 그것을 내려보냈다. 그러곤 마음속으로 '나는 공짜를 바란 적이 없다'고 중얼거렸다. 왕왕거리는 비행기 소음 사이로 누군가 내게 "더블폴트"라 외치는 소리가 들렸다.

가리는 손

개수대 앞 창문을 열어 바깥을 본다. 해수면이 어제보다 조금 솟아 있다. 오전내 비가 내렸다. 비가 오면 십자가도 물에 젖는다. 낮에 시장에서 사온 우럭 두 마리를 도마로 옮긴다. 칼 쥔 손에 힘을 주자 생선 뼈와 근육, 살 으스러지는 감촉이 몸 전체로 번진다. 손아귀 속 떨림이 흐린 원을 그리며 내 몸 가장 먼 데까지 퍼진다. 반쯤 살아 있는 식재료를 만지면 늘 개운치 않은 기분이 든다. 금기이되 아주 오랫동안 어겨온 금기를 깨는, 죽은 것을 죽이는, 심드렁한 희열과 혐오가 인다.

비늘과 내장을 제거한 우럭을 들통에 깐다. 거기 대파와 생강, 청주를 넣고 팔팔 끓인다. 익은 살은 따로 발라 한곳에 두고, 몸통

뼈와 대가리만 다시 삶는다. 먼저 미역국에 쓸 육수를 내야 한다. 뼈 국물. 어릴 때 나도 뼈를 고아 만든 음식을 먹고 자랐다. 그중 에는 가물치나 미꾸라지처럼 생물을 통째 곤 것도 있었다. 어머니 가 강릉 분이라 우리집은 생일에도 미역국에 양지 대신 우럭을 넣 었다. 독립 후 한동안 잊고 살았는데 이제 나도 그렇게 한다. 특히 내 생일과 애 생일에 그렇게 한다.

들통 안 공기 방울이 기세 좋게 올라오자 식재료가 저희끼리 부 대끼며 몸을 뒤집는다. 대파 줄기 사이로 입을 반쯤 벌린 우럭 대 가리도 보인다. 반투명한 눈알이 그새 희게 익었다. 국자로 불순 물과 거품을 걷어내며 아이 생각을 한다. 다른 존재가 될 수 있었 지만 내 아이로 태어난 아이. 다른 데가 아니라 이곳에 온 재이. 아기 땐 이유식 삼킬 줄도 모르고 빨대로 물 먹는 법조차 몰라 일 일이 가르쳤는데. 요샌 식탁에서 수저질하는 모습 보며 굵직해진 뼈마디에 새삼 놀란다.

가스불을 약하게 줄이고 육수가 우러나길 기다린다. 적어도 몇 십 분은 있어야 해 소매를 걷고 개수대에 쌓인 잔설거지를 한다. 칼과 나무 도마에 거품을 칠한 뒤 식초로 한번 더 씻고 스테인리 스 볼과 채, 접시, 숟가락도 닦는다. 숟가락은 입에 직접 들어가는 기구라 더 공들여 헹군다. 숟가락을 닦을 때마다 맨손으로 아이

입속 만지는 기분이 든다. 아마 애가 어릴 때 손가락에 거즈를 감아 양치시켜준 기억 때문일 거다.

출산 후 모유 수유에 꽤 애를 먹었다. 지금도 그때를 떠올리면 몸에 젖이 돌게 하기 위해 밥을 먹고, 또 밥을 먹고, 또 밥을 먹은 기억이 난다. 산모용 거들을 입고 양쪽 가슴을 드러낸 채 눈물을 뚝뚝 흘리던 내 모습과 산바라지하러 온 엄마가 한 달 내내 끓여준 미역국, 집안을 가득 채운 우럭 비린내도. 그땐 내 젖에서도 그 냄새가 나는 듯했다. 젖꼭지를 타고 흘러내리는 희뿌연 액체가 꼭 뼈 국물 같았다.

한동안 나 자신이 비리고, 뜨겁고, 미끌미끌한 덩이로 느껴졌다. 이름이 지워진 몇십 킬로그램짜리 영양 공급 팩이 된 기분이었다. 실제로 많은 사람이 나를 그렇게 대했다. 그게 격려나 존중의 형태였대도 그랬다. 영화나 드라마 속 산모는 내색 않던데, 나는 수유가 참 힘들었다. 젖 뭉침에, 유선염증에 유두 끝이 불에 덴 듯 쓰린데, 배가 고파 우는 아이에게 젖을 물릴 수도 뺄 수도 없어 나도 같이 울어버린 게 몇 번이었다. 더구나 돌 무렵엔 이 나느라 잇몸이 간지러운지 재이가 내 젖꼭지를 자주 깨물었다. 어느 땐 하도 세게 물어대는 바람에 나도 모르게 아이를 던질 뻔한 적도 있었다.

그 고생을 하고도, 막상 젖을 끊을 땐 아이에게 미안해 조금 울었다. 속이 후련한 한편 우리가 함께 보낸 한 시절이 비로소 끝났다는 사실 때문이었다. 그건 아마 재이도 마찬가지였으리라. 익숙한 것과 헤어지는 건 어른들도 잘 못하는 일 중 하나이니까. 긴 시간이 지난 뒤, 자식에게 애정을 베푸는 일 못지않게 거절과 상실의 경험을 주는 것도 중요한 의무란 걸 배웠다. 앞으로 아이가 맞이할 세상은 이곳과 비교도 안 되게 냉혹할 테니까. 이 세계가 그 차가움을 견디려 누군가를 뜨겁게 미워하는 방식을 택하는 곳이 되리라는 것 역시 아직 알지 못할 테니까.

물에 불린 미역을 손으로 꾹 짜 적당한 크기로 썬다. 불에 달구어진 솥에 참기름을 두르고 미역을 넣자 사방에 작은 기름방울이 튄다. 손목을 바삐 놀리며 미역을 뒤적인다. 늘 해오던 대로 기계적으로 움직이는 손과 달리 마음은 아까부터 다른 곳에 가 있다. 낮에 제과점에서 들은 이야기가 계속 신경 쓰인다. 계산대에 케이크 상자를 두고 지갑을 꺼내는데 뒤에서 익숙한 얘기가 들렸다. 한 손에 케이크를 든 채 서둘러 제과점을 나왔다. 뺨 위에서 맥박이 뛰듯 얼굴이 화끈거렸다. 그 자리에서 뭐라고 반박했어야 하는 게 아닐까. 누군가 나를 알아봤을 수도 있는데. 내가 가만히 있는 게 아이 일을 인정하는 것처럼 보였으면 어쩌나 후회됐다.

이웃 여자들이 진한 커피를 앞에 두고 얘기한 그 영상은······
나도 봤다. 지역에서 난리가 난데다 여러 인터넷 신문에 실려 모
를 수 없었다. 처음에는 끝까지 못 보고 고개 돌렸지만, 용기 내
다시 재생 단추를 누른 건 거기 우리 아이가 있어서였다.

　　─거 뭐라 그러지? 그런 애도 있던데. ······맞다, 다문화.

　　─응, 나도 봤어요. 확실히 눈에 띄더라.

　　─엄마가 아니라 아빠가 동남아라면서요.

　　─그래? ······뭐가 아쉬워서?

　　─걔도 한패라면서요?

　　─댓글 보니까 주동자라던데.

　　─아니, 걔는 목격자래요.

　　─그걸 어떻게 믿어. 원래 진짜 보스는 주먹 안 쓰잖아.

　　─그러게, 아무래도 그런 애들이 울분이 좀 많겠죠?

　　─그나저나 참 큰일이네.

　　─그렇죠?

　　─그죠.

　　─······

　　─사람이 죽었으니까······

　　─······

　　─······

―그죠.

공기중에서 옅은 탄내가 난다. 주걱으로 빠르게 솥을 저으며 정
신을 챙긴다. 미역 가장자리가 희끗하다. 옆 들통에서 뼈 국물을
한 대접 퍼 솥에 붓는다. 촤아아 소리와 함께 연둣빛 기름이 둥둥
떠오른다. 사람들이 말한 그 '소문'에 대해선…… 나도 아이에게
물은 적 있다. 몇 번 망설이다 어렵게 꺼낸 질문이었다. 재이는 한
없이 서글픈 얼굴로 나를 바라보다 어떻게 엄마마저 그럴 수 있느
냐는 듯 침울하게 답했다.
　―엄마, 나 아니에요.
　나는 이번만은 절대 실수해선 안 되는 시합에 나간 선수처럼 아
이를 신중하게 살폈다.
　――……
　거짓말하는 얼굴이 아니었다.
　―그렇지?
　―응, 아니에요. 난 걔네들 알지도 못한다고.
　순간 얼마나 안도했는지 하마터면 눈물을 쏟을 뻔했다. 그간 혼
자 마음고생했을 아이를 껴안으며 사과라도 하고픈 심정이었다.
　―그래, 그럴 줄 알았어.

　냉동실 문을 열어 마늘을 꺼낸다. 다진 마늘을 지퍼 백에 넣어

격자무늬 형태로 얇게 얼려둔 거다. 그중 한 칸을 툭 가르며 시계를 본다. 오후 여섯시가 조금 넘었다. 아이가 보습 학원에서 돌아오려면 아직 한 시간쯤 남았다. 불고기는 어제 미리 재워뒀으니, 시간 맞춰 밥 안치고 갈치만 구우면 된다. 아, 그리고 케이크도 있지. 싱크대 양념 칸에서 천일염을 꺼내 국에 간을 한다. 그런 뒤 숟가락을 내려놓고 잠시 가스레인지 불꽃을 바라본다. 태곳적 사람들도 저녁에 불을 피웠겠지. 춥거나, 허기지거나, 누군가에게 도움을 구하고 싶을 때. 지금은 그중 어느 때일까? 보글보글 국 끓는 소리가 평온하게 집안을 채운다. 오늘은 재이의 열다섯번째 생일이다.

*

젖 뗀 뒤 재이가 처음 먹은 음식은 흰 쌀죽이었다. 첫돌 무렵 약속이라도 한 듯 아이 입안에 새싹처럼 작은 흰 뼈가 돋았다. 인간이 가진 뼈 중 유일하게 바깥으로 드러난 거였다. 재이는 이유식에 잘 적응했다. 말을 배우듯 난생처음 접한 '맛'들을 하나하나 익혀갔다. 생각과 판단이 깃든 얼굴로, 오물오물 턱 근육을 움직이면서. 생각의 그물 짜기, 감각의 실뜨기를 이어갔다. 그러다 어느 땐 혼자 힘으로 완성한 아름다운 레이스를 펼쳐 보이듯 나를 보며 자랑스러운 표정을 짓곤 했다. 그때마다 나는 "우리 재이, 사람 다

됐네!" 하고 놀려대듯 칭찬해줬다. 말은 그렇게 하면서, 짐승 만지듯 손바닥에 힘을 실어 쓱쓱 쓰다듬었다.

재이는 잘 자랐다. 통통해졌다 홀쭉해지길 반복하면서. 가끔은 키워주는 사람 좋으라고 선심 쓰듯 웃어주는 일도 잊지 않았다. 어쩌다 감기라도 한 번 앓으면 아이답지 않은 턱선이 생겨 사뭇 청초해 보이기까지 했는데, 이제 화농성 여드름에 귓바퀴에도 기름 끼는 나이가 됐다. 재이가 학교에 간 사이, 방 청소를 할 때마다 베개에 떨어진 머리카락이나 속눈썹을 보며 재이가 여전히 '자라고 있음'을 실감했다. 어느 유명한 탈옥 영화 속 주인공이 감방 벽을 조금씩 파낸 뒤 그 흙을 주머니에 담아 몰래 버렸듯, 재이도 자기 일부를 끊임없이 버리며 크고 있구나 하고. 재이에게 고마웠다. 나야 삶을 스스로 택했고 별로 후회한 적 없지만 재이가 쒼 공기는 달랐을 테니까. 처음 만난 순간부터 나는 줄곧 어른이고 재이는 그렇지 않았으니까. 문득 재이가 어린이집 앞에서 장화를 벗다 한숨 쉰 일이 기억난다. "쪼그만 게 웬 한숨이냐" 나무랐더니 "어린이는 원래 힘든 거예요"라 대꾸한 게. '어린이'가 무슨 직업인 양, 막일인 양 말해 어이없었지. 이제 와 생각하니 재이 말이 맞는 것 같다. 각 시기마다 무지 또는 앎 때문에 치러야 할 대가가 큰 걸 보면.

재이도 재이가 재이라는 이유로 치른 비용이 있겠지. 내가 아는 것만 해도 몇 개이니 모르는 건 훨씬 많을 거다. 초등학교 3학년 즈음 재이는 교회 성가대에 들어갔다. 먹고살기 바빠 행사 초대장을 받고도 기대보다 의무감이 앞섰는데, 막상 무대에 선 아이를 마주하자 뭉클한 감정이 일었다. 위축된 표정으로 또래 속에 섞인 모습을 보니 저 아이가 저 작은 몸으로 벌써 '사회생활'을 감당하고 있구나 싶어서였다. 크리스마스라 교회 안엔 많은 빛이 있었다. 조도 낮은 천장 조명과 가짜 전나무에 감긴 꼬마전구, 성가대가 든 촛대 등 여러 '빛 덩이'가 몽울몽울 어둠 속을 떠다녔다. 나는 그 경건하고 고요한 분위기에 살짝 경도됐다. 이윽고 아이들은 노래했다. 아직 '맛' 경험이 적은, 죽은 동물을 덜 먹어본, 축축하고 맑은 혀로. 어떤 음은 허공에 가느다란 포물선을 그리다 고꾸라지고, 어떤 음은 누군가의 단독 비행을 좇다 기꺼이 함께 낙하하고, 모두가 막 사라진 음의 행방을 신경쓸 찰나 그 소멸을 위로하듯 여러 개의 음이 다시 풍등처럼 날아올랐다. 그리고 그 사이사이 아름다운 가교처럼 이어지던 재이의 독창. 재이 목소리는 아주 작은 충격에도 산산이 부서질 것 같은 알전구처럼 가늘고 투명했다. 높은음을 낼 때 성대 속 필라멘트가 노란 빛을 내며 파르르 떨리는 듯했다. 부모도 자식에게 경외감을 느낄 수 있구나……네 안의 어떤 것이 너를 그렇게 만드는 걸까. 그중 내가 준 것도 있을까. 만일 그게 내가 준 것도 네가 처음부터 가진 것도 아니라면 그건 어디에서 온 걸까? 아득한 기분으로 박수 친 기억이 난다.
그날 네가 얼마나 어렵게 노래를 마친 건지 전혀 알지 못한 채. 내
게 교회는 늘 안전한 장소처럼 보였으니까. 종교를 갖지 않은 내
가 굳이 아이를 그곳에 보낸 것도 그 때문이었던 것처럼. 돈 버느
라 재이 곁을 떠날 때 나 대신 누가 아이 옆에 있어주길 바랐나보
다. 그게 나와 전혀 면식 없는 신이라 해도.

　며칠 뒤 재이는 이제 노래 같은 건 별로 하고 싶지 않다고 했다.
친구들이 "역시 넌 좀 특별한 것 같아"라고 말하는 게 싫다고.
　─왜? 칭찬이잖아.
　재이 입가에 부루퉁한 기운이 서렸다.
　─엄만 한국인이라 몰라.
　나는 깜짝 놀라 답했다.
　─너도 한국인이야.

*

　수돗물을 틀자 스테인리스 볼에 뽀얀 물안개가 인다. 손가락
을 성글게 벌린 채 천천히 손목을 돌린다. 손가락 사이로 곡식
낟알이 시간처럼 빠져나간다. 쌀뜨물을 하수구에 두어 번 흘려
보내고 무쇠솥에 쌀을 안친다. 평소 전기밥통을 이용하지만 오

늘은 특별한 날이니까. 쌀과 찹쌀을 2대 1 비율로 섞는다. 이 정도면 우리 둘이 두 끼 먹는다. 재이도 나도 진밥을 좋아한다. 입맛도 그러려니와 속이 닮아 그럴 거다. 위가 약한 내가 비빔밥을 별로 안 좋아하듯. 젖은 쌀 위로 손바닥을 댄다. 반투명한 밥물이 손등 위에서 고요히 찰랑인다. 늘 반복하는 일인데 밥물 잴 때마다 목숨 재는 기분이 든다. 지은 지 삼십 년 된 아파트의 녹슨 수도관을 타고 내 앞에 도착한 물의 이력과 그 물로 씻은 백미, 그 밥이 피가 되는 경로를 상상하게 된다. 이럴 땐 대학 때 접은 공부를 마저 할 걸 그랬나 아쉬움이 든다. 아이 아빠를 처음 만난 곳도 전공 서적이 잔뜩 꽂힌 책장 앞이었지. 먼 훗날 다시 이 년제 영양학과에 들어가 혼자 살 길을 찾으리라 예상 못하고. 사랑에 빠졌지.

한동안 공부와 일, 육아를 병행하다 도저히 생활이 안 돼 친정 엄마가 있는 고향집에 내려갔다. 처음엔 아이가 초등학교 들어갈 때까지만 머물 계획이었는데, 갑자기 엄마 건강이 안 좋아지는 바람에 지금까지 살게 되었다. 작년에 엄마가 돌아가시고 이곳엔 이제 아이와 나 둘뿐이다.

몇 년간 시내 중학교에서 일하다 최근 요양병원으로 자리를 옮겼다. 학교가 정원 미달로 다른 곳과 통폐합돼 어쩔 수 없었다. 급식 지도는 자원을 어떻게 배분하고 누구에게 먼저 줄지 결정하는 일이라 학교에서 '성적' 다음으로 중요하게 여겼다. 매달 배포되는 '이달의 식단'은 전교생 중 어떤 아이도 버리지 않는 유일한 가정통신문이었다. 한 아이는 그걸 무슨 책처럼 만들어 소중히 갖고 다녔고, 또 어떤 아이는 비닐 파일에 넣어 책상에 붙여놨다. 먹을 것을 향한 사춘기 아이들의 집념은 대단했다.

— 그 맛없는 걸?

대학 동기 하나가 눈을 크게 뜨며 저도 모르게 내 '식판 밥'을 폄하했을 때 애써 웃으며 답했다.

— 애들이 학교에서 무슨 낙으로 살아. 급식시간만 기다리지. 급식 비우고 매점 가서 또 빵 사먹고 아이스크림 빨고 그래.

일터에서건 집에서건 밥 짓는 건 말 그대로 노동이고 어느 땐 중노동이었다. 아주 단순한 요리라도 그 안에는 장보기와 저장하기, 씻기, 다듬기, 조리하기, 치우기, 버리기 등 모든 과정이 들어가야 했다. 수백 명의 밥을 차리고 집에 와선 완전 녹초가 돼 정작 나 자신은 컵라면이나 빵으로 끼닐 때울 때도 적지 않았다. 게다가 영양사는 매일 '만인의 반찬 투정'을 듣는 직업이었다. 급식 메뉴에 핫도그나 돈가스를 넣어 아이들 입맛에 맞추면 선생들이 꺼리고, 아욱국이나 취나물 등 교사들 식성에 맞추면 아이들이 싫어했다. 예산 문제로 반찬을 검소하게 꾸리면 누군가 내 도덕성을 의심하는 투로 불평해 마음을 다친 적도 있다. 담임 몰래 식판을 들고 밖으로 나간 남학생들이 단지 반납하기 귀찮다는 이유로 식판을 학교 담 너머로 던져 민원이 들어오는 일은 애교에 속했다. 식재료 검수서며 거래 내역서며 챙겨야 할 행정 업무도 많고, 계약직이다보니 급식 만족도 조사 기간이나 운영위원회 모니터링 시기엔 나도 모르게 신경이 곤두서 주방 상태를 더 꼼꼼히 확인하는데, 한날 아주머니들이 설거지하며 쑥덕이는 소리를 들었다.

—어휴, 피곤해. 왜 저렇게 예민하대?

—놔둬, 여자 혼자 살아서 그래.

—저래서 이혼했나봐.

병원 식당은 환자별 식단을 달리해야 해 신경쓸 게 많다. 밥이 독이 될 경우 환자가 쇼크로 사망할 수 있다. 요양병원에는 몸이 불편한 어르신이 많다. 전쟁을 겪은, 전쟁을 아는, 여전히 전쟁중인 분들이. 여느 무리가 그렇듯 그중에는 좋은 분도, 그렇지 않은 분도 있다. 고집스러운 얼굴로 이상한 식탐을 부리고, 비위를 맞추면 반말하고, 사무적으로 대하면 훈계하고, 식사 후 아무 할 일도 없으면서 새치기하고, '찬밥도 위아래가 있다'는 장유유서 정신을 강조하는 분들이 정말로 많다.

—너무 스트레스 받지 마. 가진 도덕이, 가져본 도덕이 그것밖에 없어서 그래.

오래전 당신과 팔짱을 끼고 걸을 때, 사람들이 자꾸 쳐다보자 당신은 대수롭지 않게 말했지. 병원 어르신들을 보면 가끔 그 말이 떠올랐다. 나는 늘 당신의 그런 영민함이랄까 재치에 반했지만 한편으론 당신이 무언가 가뿐하게 요약하고 판정할 때마다 묘한 반발심을 느꼈다. 어느 땐 그게 타인을 가장 쉬운 방식으로 이해하는, 한 개인의 역사와 무게, 맥락과 분투를 생략하는 너무 예쁜 합리성처럼 보여서. 이 답답하고 지루한 소도시에서 나부터가 그 합리성에 꽤 목말라 있으면서 그랬다.

직업 안정성은 학교보다 요양병원이 나았다. 학교는 계속 사라지는 추세이지만 병원은 자리가 없어 못 들어가니까. 다만 요양병원은 내게 끊임없이 '노화'를 상상하게 만들었다. 노후를 생각하면 늘 두려운 마음이 들었다. 지금 연봉으로 몇 살까지 버틸 수 있을까. 아이에게 짐이 되고 싶지 않은데…… 우아하고 호사스런 말년을 기대하진 않았다. 다만 청결과 위생에 대한 불안은 자주 일었다. 한겨울, 욕실에서 뜨거운 물로 몸을 덥힐 때마다 '십년 뒤에도 이렇게 매일 샤워할 수 있을까?' 걱정됐다. 변기와 이불과 창틀을 지금 수준으로 깔끔하게 유지할 수 있을까. 깨끗하게 살려면 돈이 있어야겠구나. 수납하기 위해선 수납함 먼저 사야 하듯. 청결도 청결의 관성이 있어 자주 치우는 곳만 살피게 되던데. 얼룩도 계속 놔두다보면 괜찮아질까? 늙어 요양원에라도 들어갈 수 있다면 운이 좋은 거겠지. 돈으로도 감출 수 없는 수치와 모욕이 있을 테고. 당장 내 엄마만 봐도 그랬다. 언젠가부터 그 말끔하던 고향집이 어수선해지고 엄마가 정성스레 만든 음식에서 좀 심하다 싶게 자주 머리카락이 나왔다. 처음엔 엄마가 기력이 달려 집안일을 안 하는 줄 알았다. 나중에야 내 눈엔 잘 띄는 얼룩이 엄마 눈엔 보이지 않는다는 걸 알았다. 시력이 약해진 엄마 입장에선 먼지를 안 치우는 게 아니라 먼지가 존재하지 않는 거였다. 게다가 엄마 오줌 냄새가 갈수록 좀 역해졌다. 언젠가 제 외할머니 다음으로 화장실에 들렀다 나온 재이가 철없이 혀 짧은 소리로 외쳤다.

　―엄마, 화장실에서 왜 토냄새가 나?

　그뒤 엄마는 용변을 본 뒤 꼭 화장실에 방향제를 뿌렸다. 엄마가 자주 다니는 건강원에서 산 정체불명의 것이었다. 나는 엄마의 오줌 냄새보다 그 독한 향이 더 견디기 힘들었지만 내색하지 않았다. 그래도 엄마와 보낸 몇 년은 내게 각별한 기억으로 남아 있다. 테두리가 타지 않은 완벽한 달걀부침이며 얼음물에 담근 오이지, 삶은 양배추, 조기로 여름 밥상을 완성하고, 맨손으로 생선살을 발라 아들과 엄마 밥에 얹어준 뒤 도란도란 떠든 일들이 아련하다. 결혼할 때 워낙 엄마 속을 썩인 탓도 크지만. 엄마가 재이를 봐준 덕에 나 역시 모처럼 사람답게 자고, 밥도 사람처럼 식탁에 앉아 먹을 수 있었다. 그리고 세상에서 가장 맛있는 밥 중 하나

는 내가 하지 않은 밥이라는 것도 알았다. 부모 아래 있으니 생각
도 게을러지는지 종종 나는 내 나이를 잊었다. 마흔 넘고부터 자
꾸 한두 살씩 가물거렸다.

　　─엄마, 나 지금 몇 살이지?

　　그때마다 엄마는 예닐곱 종류의 알약을 입에 털어넣으며 무심
하게 답했다.

　　─네 나이는 네가 좀 세라.

　　가끔 엄마가 낯설게 느껴질 때도 있었다. 내가 기억하는 엄마
의 활달함이랄까 생명력이 실은 무례와 상스러움의 다른 얼굴이
었나 싶어 당혹스러운 적이 많았다. 내 사촌언니 두 명이 한 달 새
나란히 사고로 아이를 잃자, 엄마는 '어쩌다 이런 일이 동시에 일
어났는지 모르겠다'며 '우리 집안 죄받았다 할까봐 부끄러워 어디
가서 말도 못 꺼낸다'고 했다. 그것도 상복 입은 사촌언니 앞에서.
엄마가 늙었나? 그새 분별력과 자제심을 잃었나? 얼굴이 달아올
랐다.

　　─그럼, 아버지도 죄받은 거야?

　　돌아오는 길에 엄마에게 되묻자 엄마는 자신이 못 배우고 무식
해서 그렇다며 차창 밖으로 고개를 돌렸다. 엄마는 군인이었던 아
버지가 남긴 연금으로 근근이 살고 있었다.

엄마 발인 때 집안 어른들로부터 '긴병에 효자 없다는데 네 엄마가 너 고생 안 시키려고 그리 급히 떠났나보다'라는 얘길 들었다. 그 말은 나를 몹시 아프게 찔렀는데, 정말 그런 생각을 한 번도 한 적 없는지 자문했을 때 쉽게 답하지 못한 까닭이다. 내 효심이 우리의 생활고를 이기지 못하면 어쩌나 늘 두려웠다. 아이 일이라면 그러지 않았을 거다.

청결에는 청결의 관성이, 얼룩에는 얼룩의 관성이 있음을 실감한 건 재이 초등학생 때 일이다. 내가 재이에게 경외감을 느낀 그 크리스마스 행사를 며칠 앞두고 재이는 성가대 대표 선출 선거에서 세 표 차로 졌다. 한창 클 때 이기고 지는 거야 별일 아니지만, 한 투표용지에 좀 모욕적인 문구가 적혀 있었나보다. 사회를 보던 아이가 경솔하게 그걸 또 읽었고 분위기가 싸해진 가운데 몇몇이 작게 웃었다고. 재이는 그때 누가 웃나 너무 궁금했지만 몸이 굳어 돌아보지 못했단다. 실은 선거에서 진 것보다 그 웃음소리가 더 견디기 힘들었다고. 반년 전 교회에서 일어난 일을 학교 담임선생님에게 듣는데 가슴이 죄어왔다. 그동안 재이 마음을 전혀 몰랐다는 데 죄책감과 부끄러움을 느꼈다. 지지해준 절반이 있어도 무리에서 부정당한 느낌이었겠지. 선량한 친구들의 얼굴을 마주할 때마다 '혹시 넌가?' '너였을까?' 하는 의심을 피할 수 없었을 테니까. 시간이 매일 뺨을 때리고 지나가는 기분이었을 거야. 복잡하고 어려운 숙제가 생긴 것 같은. 그런데 나는 너를 위로한답시고 자긍심을 가져도 된다는 듯 기껏 이렇게 말했지.

—재이야, 너희 아빠 여기 일하러 온 거 아니야. 공부하러 온 사람이었어. 고향집에 하인도 있었대.

성가대 사건 후 재이 생활에 큰 변화가 생기진 않았다. 다만 재이가 학원에 가 있는 시간이 좀 늘었다. 나는 얼마 안 되는 소득 대부분을 아이 교육에 쏟았다. 그게 아이를 지키는 법이라 생각했다. 누구도 무시하지 못할 사람으로 만들어주고 싶었다. 재이도 내 뜻을 순순히 따라, 중학교에 올라갈 즈음 학급 친구들이 충분히 좋아할 만한 사람이 되었다. 그렇지만 재이도, 나도, 재이 내면의 무언가가 변했다는 건 알았다. 아이가 속내를 일일이 털어놓지 않아도 그 정도는 알 수 있었다.

*

개수대 앞 창문 너머로 바깥을 본다. 그러면 네가 어디 있는지, 어디까지 왔는지 알 수 있기나 한 듯. 겨울이라 주위가 어느새 캄캄하다. 찬장에서 작은 프라이팬을 꺼내 불에 올린다. 팬에 포도씨유를 두르고 두툼한 갈치 두 토막을 조심스레 미끄러뜨린다. 치지직 소리와 함께 사방에 고소한 냄새가 퍼진다. 콩의 고소함이나 깨의 풍미와는 비교가 안 되는 포식자의 고소함, 남의 살을 먹고 사는 생물의 깊은 고소함이. 은빛 몸통 주위로 황금빛 공기 방울이 풍요롭게 자글거린다. 팬에 유리 뚜껑을 덮고 갈치 속이 촉촉하게 익길 기다린다. 식탁 위에 올려둔 휴대전화에서 메시지 알림음이 울린다.

—엄마, 나 버스 탔음. 십 분 후 도착.

—응. 조금 늦었네? 밥 다 했어. 얼른 와.

답장을 보낸 뒤 문자 창을 닫는데 낮에 열어둔 뉴스 페이지가 눈에 들어온다. 오늘 하루만도 댓글 칸의 새로 고침 단추를 여러 차례 누른 뉴스다. 최신순으로 다시 댓글을 정렬하자 익숙한 비난과 욕설이 주르륵 쏟아진다. '급식충들 암 유발' '인성 쓰레기' '이래서 삼청교육대 부활시켜야 함' 같은 가해 학생들을 향한 비난과 저주가 대부분이나 개중에는 '노인네도 노답'이라든가 '나는 쟤들 심정 이해됨' 같은 반응도 있다. 그런데 그중 어떤 댓글 하나가 시선을 끈다.

'K시 중학생 노인 폭행 동영상 노모 버전. 신상 공개. 널리 배포해주세요.'

모자이크 처리가 안 된 영상은 인터넷에 아직 뜬 적 없는데. 거기 우리 아이 얼굴도 나올 텐데…… 안 되는데…… 동영상 내리려면 어떻게 해야 하지? 어디다 말하지? 식탁 의자에 앉아 한 손으로 이마를 짚은 채 영상을 클릭한다. 그러곤 재이가 나오는 부분을 나도 모르게 여러 번 돌려 본다. 자세히 본다.

재이와 나는 그 영상을 경찰서에서 처음 봤다. 팔 분 사십이 초 간 둘 다 아무 말 않고 숨죽인 채 봤다. 편의점 앞에 주차된 자동 차 블랙박스에 찍힌 동영상이었다. 소리는 전혀 나오지 않았지만 화면만으로 충분히 당시 상황을 짐작할 수 있었다. 지금 인터넷에 떠도는 노모 버전 파일은 그때 본 그 영상이었다.

남자 셋, 여자 하나. 십대 아이들 네 명이 편의점 앞 의자에 앉아 있다. 하얀 플라스틱 탁자 위로 매운 불닭면 용기와 캔 콜라, 탕수육맛 스낵 봉 지가 보인다. 한 노인이 폐지 실린 유모차를 끌고 지나간다. 무리 중 한 녀석이 노인에게 다가가 오천원짜리 지폐를 내밀며 뭔가 흥정한다. 노인 이 뭐라 훈계하며 삿대질한다. 그러곤 아이들 쪽을 향해 침을 카악 뱉은 후 편의점 앞에 쌓인 종이 상자를 유모차에 싣고 걸음을 옮긴다. 무리 중 대장으로 보이는 아이가 농구대에 삼 점 숏 넣는 자세로 유모차에 빈 담 뱃갑을 던진다. 재이 증언에 따르면 '담뱃갑도 종이이니까, 폐지에 보태시 라'는 뜻으로 그랬단다. "그 형이 할아버지한테 그렇게 말했어요." 담뱃갑 은 허공에 긴 포물선을 그리며 낙하하다 노인의 뒤통수를 때리고 튕겨 나 간다. 노인이 노여운 얼굴로 돌아보고 곧 실랑이가 벌어진다. 대장 아이가 노인에게 무슨 말을 내뱉자 다른 아이들이 일제히 깔깔댄다. 흥분한 노인 이 여자애의 머리채를 잡는다. 대장 아이가 노인에게 발차기를 날린다. 그리고 이 모든 광경을 맞은편 인형뽑기 기계 앞에서 재이가 보고 있다. 노인은 발길질 한 번에 힘없이 픽 고꾸라진다. 아스팔트 위로 나동그라진 채 몸을 부르르 떨다 꼼짝 않는다. 한 녀석이 노인에게 살금살금 다가가 얼굴을 살핀다. 그러곤 나머지 세 아이를 향해 어두운 표정을 짓는다. 녀석이 본능적으로 주위를 둘러본다. 그러다 저멀리 목격자인 재이와 눈이 마주친다. 재이가 시선을 피하며 고개 돌린다. 아이들이 주춤거리다 재빨리 자리를 뜬다. 재이도 곧 화면 바깥으로 사라진다. ……사라졌는데, 사라졌다, 약 오십 초쯤 지난 뒤 다시 등장한다. 동영상을 본 많은 이들이 이 장면에 꽤 집중했다. 왜 그러지? 무슨 일을 하려는 거지? 아깐 겁이 나서 가만히 있다 뒤늦게 노인을 구하러 왔나? 재이가 천천히 사각 화면 안으로 들어온다. 그러곤…… 조심스레 인형뽑기 기계 앞으로 가, 방금 전 두고 온 라이언 인형을 들고 서둘러 자리를 뜬다. 몇 분 뒤 쓰레기통을 비우러 나온 편의점 청년이 노인을 발견한다. 청년은 깜짝 놀라 어딘가에 급히 전화한다.

블랙박스 영상을 본 재이는 좀 당황했다. 기껏 돌아와 인형이나 챙겼다고, 훗날 욕을 하는 사람도 많았지만 나는 아직 아이이니까 그럴 수 있다고 생각했다. 대신 내가 걱정하는 건 따로 있었다. 재이가 그날 일로 큰 충격을 받지 않았을까 하는 거였다. 어느 땐 무언가를 한 사람이 아니라 본 사람이 더 상처 입으니까. 이를테면 전쟁을 겪고, 전쟁을 아는, 요양병원 어르신들이 자주 얘기하는

'폭력몹살' 같은 걸. 조사관은 몇 가지 간단한 사실만 확인한 뒤 우리더러 집에 가보라 했다. 예상보다 싱겁게 끝나 긴장한 게 허무할 정도였다. 그런데 우리가 자리에서 일어설 즈음 조사관이 가벼운 투로 중요한 질문을 던졌다.

—아 참, 그런데 왜 신고 안 했니?

재이가 입술을 달싹이다 조그맣게 답했다.

—실은 제가 그날 학원 수업을 빼먹어서…… 들통나면 엄마한테 혼날 것 같았거든요.

이 말은 내 가슴에 묘한 얼룩을 남겼다. 나는 사건이 일어난 요일에 학원 수업이 없다는 걸 알았다. 그런데 그 순간 왜 아이 말에 동의하듯 고개를 끄덕였는지 모르겠다. 형들에게 보복 당할까 무서워서 그랬대도 이해했을 텐데. 재이는 왜 거짓말을 한 걸까.

*

현관 잠금장치 풀리는 소리가 난다. 폴리에스테르 소재 점퍼가 바스락거리는 기척과 함께 쿵쿵 다급한 발소리, 화장실 문 닫히는 진동이 전해진다. 집이 낡아 양변기에 오줌 떨어지는 소리가 부엌까지 다 들린다.

—어? 이거 무슨 냄새야?

재이가 젖은 두 손을 바지춤에 쓱쓱 문지르며 다가온다. 재이 몸에 바깥공기의 비릿한 활기와 냉기가 묻어 있다.

—……엄마가 뭘 좀 태워버렸네.

—어? 갈치네? 나 갈치 좋아하는데.

—그러게. 한 마리에 이만원이나 준 건데. 엄마가 깜빡했어.

재이가 제 방에서 옷 갈아입는 동안 저녁상을 차린다. 궁중 팬에 불고기를 붓고, 미역국을 데운다. 긴 젓가락으로 불고기를 뒤적이다, 민첩하게 식탁에 수저를 놓고, 배추김치를 꺼낸다. 재빨리 가스레인지 앞으로 돌아가 불고기를 살피고, 밥을 푸고, 미역국을 담는다. 흰밥 봉분을 예쁘게 쌓고, 신경써서 재이 그릇에 우럭 살을 많이 넣는다. 갈치구이가 빠진 게 영 서운하지만 아쉬운 대로 포장 김을 뜯어 접시에 올린다. 아무리 바빠도 음식을 플라스틱 용기가 아닌 접시에 담으려 노력하는 건 내가 부모 세대와 반 발짝 다르게 사는 법이다. 말은 반보라지만 실은 결정적으로 다르게 사는 방식. 낙향 후 그나마 주거비가 덜 들어 생긴 여유일지 모르나 평소 재이에게도 음료를 병째 마시지 말고 컵에 따라먹으라고 잔소리한다. 그렇게 작은 것들이 나중에 큰 걸 지켜주기도 한다고. 오목하고 넓은 접시에 불고기를 수북 담으니 오늘 저녁 밥상이 다 완성됐다. 앞치마를 벗고 식탁에 앉는다. 두 사람이 마주한 사 인용 식탁 위로 아스라한 김이 너울거린다.

—먹자.

―응.

재이가 의욕적으로 불고기를 향해 돌진하다 어쩐 일인지 머뭇거리며 예의를 차린다.

―엄마 먼저 들어요.

순간 헛웃음이 나 긴장이 좀 누그러진다.

―우리 재이, 사람 다 됐네.

겨울밤, 습기 찬 부엌에 짤그락 따다닥 식기에 젓가락 부딪히는 소리가 불규칙하게 이어진다.

―엄마.

재이가 시선을 마주치지 않고 묻는다.

―무슨 일 있어요?

―일은 무슨.

―그런데 얼굴이 왜 그래?

―……갈치를 태워서.

재이가 피식거린다.

―난 또 뭐라고.

재이를 따라 웃으면서도 내 시선은 재이의 손, 어느새 뼈마디가 굵어진 손등 언저리로 향한다. 아기 땐 포동포동한 손등 위에 보조개 같은 홈이 팼는데. 제 손이 제 것인 걸 믿지 못해 자꾸 입에 넣어 빨고.

—재이야.

—어?

—미역 많이 먹어. 뼈에 좋대.

아이가 선크림을 잘못 발라 하얗게 뜬 얼굴로 상긋 웃는다. 재이는 언제부턴가 선크림을 과하게 발랐다. 오늘처럼 비가 올 때도, 저녁 늦게 외출하는 날에도 잊지 않았다.

—엄만 뭐 만날 다 좋대. 마늘은 어디 좋고, 양파는 어떻고.

재이가 까부는 걸 보니 재이가 재이처럼 느껴져 가슴 깊이 친밀한 기운이 인다. 이 아이, 아기 땐 밥상 앞에서 늘 조잘조잘 높은 소리로 아무 말이나 떠들어댔는데. 단순한 어휘로 생각을 정리하고 유예하느라 말끝마다 "어" "어" 이음새를 넣던 바보 같은 습관도 어여뻤는데. 대체 언제 이렇게 자라버린 걸까. 짧은 감상에 젖다 아이와 실없는 얘길 나누는 게 좋아 부러 화제를 만든다.

—전에 학교에서 보니까, 조회 전에 애들 하나도 안 떠들더라? 교실 불도 안 켜고 다들 엎드려 스마트폰만 하던데. 너도 그러니?

—어, 그거? 불 켜면 액정 잘 안 보이잖아. 귀찮기도 하고.

—그래도 공부가 돼?

—그러니까 걷지.

—누가? 선생님이?

—핸드폰 도우미가.

─그런 게 있어?

　─어, 되게 많아. 분리수거 도우미, 과제 도우미, 그걸로 점수 받고.

　재이가 호로록 미역을 넘기다 입에서 잔가시 하나를 스윽 빼낸다.

　─엄마도 급식 도우미 알잖아?

　─잘 알지.

　핸드폰 도우미 이야기를 들으니 아이가 속한 세상이 염려되지만 참고 내색 않는다. 애가 어릴 땐 집 현관문을 닫으면 바깥세상과 자연스레 단절됐는데. 지금은 그 '바깥'을 늘 주머니에 넣고 다녀야 하는 모양이다. 아직까진 친구들과 메시지를 주고받고, 모바일 게임을 하고, 실시간 인터넷 방송을 즐겨 보는 정도 같지만, 가끔 아이 몸에 너무 많은 '소셜social'이 꽂혀 있는 게 아닌지 걱정된다. 온갖 평판과 해명, 친밀과 초조, 시기와 미소가 공존하는 '사회'와 이십사 시간 내내 연결돼 있는 듯해. 아이보다 먼저 사회에 나가 그 억압과 피로를 경험해본 터라 걱정됐다. 지금은 누군가를 때리기 위해 굳이 '옥상으로 올라와'라 하지 않아도 되는 시대이니까. 아이가 지금 나와 식사를 하는 중에도 실은 어딘가에서 누군가에게 얻어맞으며 피 흘릴지 몰랐다. 재이는 틀림없이 이런 나를 고루하다 할 테지만.

　─엄마.

　─응.

―아빠랑 왜 헤어졌어?

새삼스런 질문에 당황하지 않으려 천천히 고개를 든다.

―……전에 말해줬잖아.

―그런 거 말고, 진짜 이유.

재이가 내 앞에서 짐짓 어른인 척 사회적인 표정을 짓는다. 마치 자신이 사회에 대해 나보다 더 잘 알고 있다는 듯.

―나 때문이야?

―아니라고 몇 번 말해.

―그럼 왜……?

―쓸데없는 소리 말고 밥이나 먹어.

―말해줘. 생일 선물로.

……말해달라니. 막막해서 도리어 웃음이 난다. 이걸 어찌 설명하나. 말한다고 네가 알까. 이상하게 들릴지도 모르지만 재이야, 어른들은 잘 헤어지지 않아. 서로 포개질 수 없는 간극을 확인하는 게 반드시 이별을 의미하지도 않고. 그건 타협이기 전에 타인을 대하는 예의랄까. 겸손의 한 방식이니까. 그래도 어떤 인간들은 결국 헤어지지. 누가 꼭 잘못했기 때문이 아니라 각자 최선을 다했음에도 불구하고 그런 일이 일어나기도 해. 서로 고유한 존재 방식과 중력 때문에. 안 만나는 게 아니라 만날 수 없는 거야. 맹렬한 속도로 지구를 비껴가는 행성처럼. 수학적 원리에 의해 어마어마한 잠재적 사건 두 개가 스치는 거지. 웅장하고 고유

하게 획. 어느 땐 그런 일이 일어났다는 걸 알아차리지 못할 정도로 강렬하고 빠른 속도로 획. 그렇지만 각자 내부에 무언가가 타서 없어졌다는 건 알아. 스쳤지만 탄 거야. 스치느라고. 부딪쳤으면 부서졌을 텐데. 지나치면서 연소된 거지. 어른이란 몸에 그런 그을음이 많은 사람인지도 모르겠구나. 그 검댕이 자기 내부에 자신만이 온전히 이해할 수 있는 암호를 남긴. 상대가 한 말이 아닌, 하지 않은 말에 대해 의문과 경외를 동시에 갖는. 그런데 무슨 말을 하다 여기까지 왔지? 그래, 엄마랑 아빠는…… 지쳐 있었어. '이해'는 품이 드는 일이라, 자리에 누울 땐 벗는 모자처럼 피곤하면 제일 먼저 집어던지게 돼 있거든. ……그런 걸 다 설명하진 않는다. 대신 이 곤경을 어떻게 빠져나갈까 고민하다 온전한 참도 거짓도 아닌 말을 던진다.

—아빠랑 왜 헤어졌냐고?

—응.

—음…… 생각이 달라서?

재이가 뜻밖에 가벼운 웃음을 터뜨린다. 그러곤 교과서에나 나올 법한 말을 훈계조로 이야기한다.

—그럼 토론했어야지, 민주주의 사회에서.

저녁상을 치우고 베란다에서 케이크를 내온다. 웬만한 제과점에 다 있는 고전적인 모양의 생크림 케이크다. 빵 테두리를 장식

한 생크림 방울 끝이 날렵하게 여며진데다. 설탕물을 입힌 키위와 딸기, 감귤이 알록달록 플라스틱처럼 반들거린다.

—초 켜고 노래할까?

—싫어. 그런 거 하지 마, 하지 마.

—그래도 초는 켜야지.

케이크 상자 위에 붙은, 넓적하고 긴 종이봉투에서 파스텔빛 초를 꺼낸다. 꽈배기 모양의 가느다란 기둥 하단에 은박지가 감겼다. 초 한 개에 한 살, 모두 열다섯 개다. 부드러운 카스텔라 안에 깊숙이 초를 꽂는다. 해마다 아이 생일 초를 밝힐 때면 기쁘고 엄숙한 마음이 든다. 긴 하루가 모인 한 해, 한 해가 쌓인 인생이 얼마나 고되고 귀한 건지 알아서.

—어? 왜 성냥이 없지?

종이봉투를 뒤집어 손바닥에 대고 털어본다. 제과점 주인이 깜빡한 건지, 낮에 내가 너무 당황해 잊고 온 건지 알 수 없다.

—그럼 딴걸로 붙여.

재이가 대수롭지 않은 투로 말한다.

—……어디 있지?

식탁에서 몸을 돌려 싱크대 서랍을 뒤진다. 일회용 나무젓가락이며 이쑤시개, 병따개 따위를 넣어두는 칸이다. 언젠가 여기서 막 뒹구는 라이터를 본 것 같은데.

—없어?

—이상하다.

신발장 쪽으로 걸음을 옮겨 공구함을 뒤진다. 목장갑과 노끈, 망치 사이에 정전 때 쓰려고 사놓은 비상용 양초가 보인다. 그렇지만 그 안에도 성냥은 없다.

—아이고, 참, 무슨 집에 불 밝힐 성냥 하나가 없니?

—그럼 그냥 놔둬, 엄마. 어차피 끌 불인데 뭐.

—아니야, 그래도 초 켜고 소원 빌어야지. 혹시 너 라이터 가진 거 없니?

—뭐?

—있으면 줘봐. 뭐라 안 할게.

—그런 거 없거든?

성냥에 대한 미련을 못 버린 채 수납함 속 전단지를 들추다 입에서 불쑥 이런 소리가 나온다.

—재이야.

—응?

—내일 엄마랑 그 할아버지…… 장례식에 가보지 않을래?

그동안 한 번도 생각하지 않은 말이 튀어나와 나도 놀란다. 그리고 온종일 내 마음이 그렇게 무거웠던 건 어쩌면 아이에게 바로 이 말을 하기 위해서가 아니었을까 짐작한다.

—……

—그렇게 하자. 엄마는 재이가 그 할아버지에게 마지막 인사

216

해줬으면 해.

—……

—우리 아들, 죽은 사람한테 절하는 법은 알아?

—……

—여기 이렇게, 밥 먹는 손을 가리는 거야.

—……

아이 앞에서 왼손으로 오른손을 덮으며 어색한 시범을 보인다.

—엄마도 예전에 늘 헷갈렸거든. 실수할까봐 긴장하고. 그런데 이렇게 외운 뒤로 안 잊어먹었어. 밥 먹는 손 가리는 손, 밥 먹는 손 가리는 예禮…… 아 참, 엄만 너랑 반대고.

재이가 한참 자기 발끝을 바라보다 입을 연다.

—……생각해볼게.

그렇게 말해주는 재이가 짠하고 안타깝다.

—그래, 고마워.

재이 몸에서 갑자기 휴대전화 벨소리가 울린다. 재이가 발신자를 확인한 뒤 슬쩍 제 방으로 들어간다. 잠시 부엌에 홀로 남아 내 앞에 놓인 빈 의자와 케이크를 바라본다. 왜 그랬습니까? 무슨 생각으로 그랬죠? 눈부신 카메라 플래시와 더불어 쏟아지는 질문에 점퍼를 뒤집어쓴 아이가 잘 들리지도 않는 목소리로 웅얼거렸다. 할아버지를 해칠 맘은 전혀 없었다고. 할아버지가 먼저 우리에게 욕을 했다고. 우린 그냥 그 사람에게 '교훈'을 좀 주려 한 것뿐이라고. 그 노인은 며칠 동안 사경을 헤매다 숨을 거뒀다. 오래전 연이 끊긴 자식들과 어렵게 연락이 닿았지만 자식들이 시신 인수를 포기해 '무연고 장례'가 치러질 예정이라는 걸 나도 오늘 기사를 보고 알았다.

─누구야?

─그냥 아는 애.

재이가 제 바지 주머니에 휴대전화를 넣으며 앞에 앉는다.

─학교에서 애들이 뭐라 하진 않아?

─상관없어.

상관없다고 말하는 재이의 얼굴에 옅은 그늘이 서린다.

─안 되겠다. 불, 가스에 붙여야겠다.

생일 초를 하나 뽑아들고 가스레인지 앞으로 간다. 틱틱틱틱─ 불을 켜며 가스레인지의 푸른 불꽃을 응시한다. 태곳적 사람들도 저녁에 불을 피웠겠지. 춥거나, 허기지거나, 누군가에게 도움을 구하고 싶을 때. 심지 끝이 노랗게 타오르는 초를 들고 케이크 앞으로 다가간다.

─근데 너 라이언 인형이 그렇게 좋아?

아이 얼굴이 살짝 굳는다.

─어? 왜?

손에 든 초를 비스듬히 기울여 다른 초에 불을 붙인다.

─네 방에 똑같은 게 세 개나 있어서.

─좋아해서 뽑은 거 아니야. 그게 가장 많아서 뽑게 되는 거야. 많으니까 잘 뽑히고……

초 끝에서 실오라기 같은 그을음이 피어오른다. 다음 또 다음 초에 천천히 빛을 옮긴다.

─그래?

─……

이윽고 케이크 위 모든 초가 몸을 떨며 주위를 밝힌다. 멍울멍울 노란 불꽃이 따뜻하고 아름답다. 촛농이 빠른 속도로 뚝뚝 흘러내린다.

─근데, 동영상 아직 다 안 내렸던데.

─엄마가 사이버 수사대에 전화해봤는데 원본은 내렸지만 복사본이 도는 거라 시간이 좀 걸린대.

모자이크가 지워진 영상에 드러난 재이 얼굴엔 당황한 티가 역력했다. 처음엔 호기심 가득한 표정이다 어느 순간 한 손으로 입을 막는데 동공이 크게 벌어져 그 장면만으로도 재이가 얼마나 놀랐는지 짐작할 수 있다.

─그런데 그 영상에 소리 안 나오잖아.

─응.

─중간에 걔네들 자기들끼리 막 뭐라 하며 웃던데, 뭐라 그러는 거니?

지금까지 잠자코 있던 아이 입가에 천진한 흥미랄까, 아는 체랄까 묘한 기운이 어린다.

　―틀딱?

　그러곤 아차 싶은지 재빨리 미소를 거둔다. 마치 소중한 비밀처럼. 누구에게도 들키면 안 되는 보물인 양 얼른 감춘다. 나는 아이 얼굴을 빤히 바라본다. 아이가 이상한 말을 뱉어서가 아니라 방금 저 표정을 이미 어디선가 한 번 본 것 같아서. 그런데 어디지? 어디서였지?

　―그게 무슨 말이니?

　―어, 그냥 애들끼리 하는 말이에요. 엄마, 우리 초 안 꺼요?

　아이가 서두르듯 벌떡 일어나 부엌 등을 끈다. 춥고 어두운 겨울밤. 아이와 나 사이에 노란 빛이 일렁인다. 불빛 아래서 우린 왜 조금씩 달라 보일까. 이제 정말 소원 빌 시간이다. 아이에게 박수 쳐줄 준비를 하며 숨을 고른다. 재이가 눈을 감고 슬며시 미소짓는다. 그런데 그걸 본 순간 내 속에서 짧은 탄식이 터져나온다. 웃음 고인 아이 입매를 보자 목울대가 매캐해지며 얼굴에 피가 몰린다. 불현듯 저 손, 동영상에 나온 손, 뼈마디가 굵어진 손으로 재이가 황급히 가린 게 비명이 아니라 웃음이었을지도 모른다는 생각에. 정말 그렇다면 그동안 내가 재이에게 준 것은 무엇이었을까. 이윽고 눈뜬 아이가 맑은 눈망울로 나를 바라본다. 그러곤 가슴팍을 크게 부풀려 숨을 모은 뒤 초를 향해 훅 입김을 분다. 초가 꺼지자 주위가 순식간에 어두워진다. 그 어둠 속에서 잘 보이지도 않는 재이 얼굴을 찾으려 나는 꼼짝 않는다.

어디로 가고
싶으신가요

올봄 스코틀랜드에 사는 사촌언니로부터 연락이 왔다. 남편과 곧 휴가를 떠나는데 한 달간 집이 빈다고, 내게 혹 머물 생각이 없냐는 거였다.

—한 달이나?

—뭐, 더 걸릴 수도 있고.

거울에 벗은 등을 비춰 보며 잠시 한눈을 팔았다. 날갯죽지 어디가 가려워 막 살피는 참이었다. 어깨 너머로 둥그스름한 분홍색 반점이 보였다.

—혹시 개를 맡아줄 사람이 필요한 거야?

무심히 구급함을 뒤지며 연고를 찾았다. 맨살에 브래지어 고리가 닿아 금속 알레르기가 도졌나 싶었다.

—우리 반려동물 못 키워. 댄에게 알러지 있어서.

　　—근데 왜……?

　　'굳이 나한테' 연락한 거냐는 식으로 말을 흐리자 사촌언니는 "나는 그저" 하고 어색하게 말을 이었다.

　　—네가 잠시 거길 떠나 있으면 어떨까 해서.

　　말 그대로 '집'만 빌려주는 거니 부담 갖지 말라고, 7월까지 두 달이나 남았으니 천천히 고민해보라고 했다. 우리 부부는 태국에 있을 테니, 너는 현관 비밀번호만 외워오면 된다고. 그러고는 친척들 안부와 한국 상황에 대해 이것저것 묻더니 전화를 끊기 직전에야 겨우 본론으로 들어가 몸은 좀 괜찮으냐고, 장례식에 못 가봐 미안하다고 했다.

　　한국에서 영국까지 비행 거리는 열한 시간이 넘었다. 책을 읽고, 신문을 보고, 기내 모니터에 저장된 최신 가요와 팝, '한국인이 사랑한 가곡' 따위를 되는대로 건드려보고, 이리저리 자세를 틀며 쪽잠을 자도 시간은 잘 가지 않았다. 히스로 공항에 도착했을 땐 이미 네 편의 시트콤과 두 편의 다큐멘터리, 한 편의 영화를 시청한 뒤였다.

　　런던에서 에든버러까지는 기차로 이동했다. 계속 보면 눈에 파란 물이 들 것 같은 하늘과 테두리가 선명한 뭉게구름, 초원 위에 드문드문 솟은 풍력발전기를 보자 '평화로운 해양성기후'라는 말이 절로 떠올랐다. 이 섬나라 하늘이 언젠가 일본 애니메이션에서 본 하늘, 전쟁에 지친 병사가 행복했던 어린 시절을 그리며 회상한 풍경과 닮아서였다. 그래서인지 나는 내 앞의 '청명'이 남의 집에서 떼다 붙인 커튼처럼 느껴졌다. 눈앞에서 아름답게 펄럭이는 '현재'가 좋았던 과거 같고, 다가올 미래 같기도 한데, 뭐가 됐든 내 것 같진 않았다.

사촌언니 집은 관광지를 벗어난 구시가에 있었다. 한 손에 캐리어를 들고, 다른 손으로 스마트폰을 쥔 채 GPS를 보며 길을 더듬었다. 동네에 사람이 거의 보이지 않았는데 모두 휴가를 떠난 건지 해가 져서 그런 건지 알 수 없었다. 4차선 도로를 등지고 두 블록쯤 걷다 왼쪽 모퉁이로 돌아서니 눈에 익은 건물이 나왔다. 한쪽 지붕이 세모나게 솟은 오래된 석조 건물이었다. 크림색 외벽에 세월과 이끼가 내려앉아 언뜻 잿빛으로 보였다. 현관 앞에 서서 신중하게 주소를 확인한 뒤 비밀번호를 눌렀다. 이윽고 현대적인 기계음이 오래된 어둠을 해제하는 소리가 났다. 문을 열고 그 어둠 속으로 들어갔다.

숙소에 짐을 풀고 며칠 동안 긴 잠을 잤다. 하루에도 몇 번씩 비가 오다 개는 스코틀랜드 하늘 아래서 시간 가는 줄 모르고 잤다.

가슴을 크게 부풀리다 가라앉히며 숨쉬는 걸 처음 배운 아이처럼 잤다. 그렇게 '댄과 수연 언니가 없는' '댄과 수연 언니의 집'에 서서히 적응해갔다. 한국에 있을 때보다 혼자라는 느낌은 덜했다. 남편을 잃기 전, 나는 내가 집에서 어떤 소리를 내는지 잘 몰랐다. 같이 사는 사람의 기척과 섞여 의식하지 못했는데, 남편이 세상을 뜬 뒤 내가 끄는 발 소리, 내가 쓰는 물 소리, 내가 닫는 문 소리가 크다는 걸 알았다. 물론 그중 가장 큰 건 내 '말소리' 그리고 '생각의 소리'였다. 상대가 없어, 상대를 향해 뻗어나가지 못한 시시하고 일상적인 말들이 입가에 어색하게 맴돌았다. 두 사람만 쓰던, 두 사람이 만든 유행어, 맞장구의 패턴, 침대 속 밀담과 험담, 언제까지 계속될 것 같던 잔소리, 농담과 다독임이 온종일 집안을 떠다녔다. 유리벽에 대가리를 박고 죽는 새처럼 번번이 당신의 부재에 부딪혀 바닥으로 떨어졌다. 그때야 나는 바보같이 '아, 그 사람, 이제 여기 없지⋯⋯'라는 사실을 처음 안 듯 깨달았다.

그날⋯⋯ 나는 집에서 김치를 담그고 있었다. 거실 한가운데 신문지를 깔고, 시험공부하듯 심각한 얼굴로 '열무김치 담그는 법'을 읽고 있었다. 오래전 친정 엄마가 일러준 조리법이 빼곡 적힌 수첩을 옆에 두고서였다. 나는 그 조리법을 육 인용 병실 간이침대에 앉아 들었다. 환자와 보호자의 침대 높이가 달라 고개 들어 아이처럼 엄마를 올려본 기억이 난다. 내 몸이 다 자라기 전,

적어도 중학생 때까지 나는 엄마를 그렇게 올려보는 일에 익숙했다. 그런 시간이 있었다. 사람 얼굴을 보려면 자연스레 하늘도 같이 봐야 하는. 아이들을 길러내는 세상의 높낮이가 있었다. 그런데 엄마를 잃고 난 뒤 그 푸른 하늘이 나보다 나이든 이들이 먼저 가야 할 곳을 암시한 배경처럼 느껴졌다. 부모와 자식 사이에 영원히 좁혀질 수 없는 시차를 유년 시절 내내 예습한 기분이었다. 그렇지만 그때만 해도 그건 나이든 사람들의 이야기인 줄로만 알았다. 나보다 어리거나 내 또래인 이들에게는 당분간 일어나지 않을 일이라 믿었다.

결혼 후 몇 번 친정 엄마 음식을 흉내냈다. 맛은 그때그때 달랐다. 괜찮은 적도 있고 형편없을 때도 많았다. 그래도 멸치로 육수를 낸 잔치국수는 꽤 잘했는데, 남편이 면 요리를 좋아해 자주 하다보니 그랬다. 그러다 소고기뭇국도 끓이고, 불고기도 재울 줄 알게 됐는데, 김치만은 여전히 엄두가 안 났다. 김치나 장 담그는 건 왠지 엄마들만 할 줄 아는 크고 어려운 일처럼 여겨졌다. 그런데 이상하게 그날 '그 일'이 하고 싶었다. 남편과 긴 논의 끝에 아이를 갖기로 결정하고, 뭔가 새로운 걸 시도해보고 싶은 마음이 든 봄날이라 그랬는지 모른다. 그날 오후 부엌과 거실을 부지런히 오가며 찹쌀 풀을 쑤고, 건고추와 양파를 갈고, 부추를 썰며 남편을 기다렸다. 도마 옆에 싱싱한 열무 다섯 단을 쌓아두고서였다.

그런데 김치 양념을 완성하기 전 어디선가 전화가 왔다. 손도 불편하고 모르는 번호라 받지 않으려 했는데 진동음이 연거푸 세 차례나 울려대는 바람에 한쪽 고무장갑을 벗고 통화 버튼을 누르는 수밖에 없었다.

그날은 당신이 금연을 시작한 날이기도 했다.

그뒤 무슨 일이 일어났는지 잘 기억나지 않는다. 드문드문 몇몇 장면들이 멀어지다 끊기며 머릿속에 섞였다. 눈물이 땀처럼 새어나왔다. 감정이 북받치지 않을 때조차 얼굴에 눈물이 진물처럼 고였다. 장례식 날, 남편 영정 사진 앞에 우두커니 앉아 있는데 세 살 난 조카가 아장아장 다가왔다. 내 여동생이 낳은 남자아이였다. 조카는 어두운 표정으로 내 얼굴을 빤히 쳐다봤다. 그러고는 그 말도 못하는 애가 자기 손에 있던 과자를 내게 쥐여주었다.

발인을 마치고 화장장 대기실에 앉아 있는데 시어머니가 '그 사람들, 어떻게 한 명도 안 올 수 있느냐'고 화를 냈다. "도경이가 그래도 자기 학생 구하려다 그리된 건데. 우리도 사람인데 뭐라 할 것도 아니고, 절을 받겠다는 것도 아니고, 피 안 섞인 사이라도 인사 정도는 한 번 와주는 게 예의 아니냐"며 가슴을 쳤다.
　─부모가 없는 아이였답니다.

장례식장에서 몇몇 학교 사람들을 만난 아주버니가 말했다.

─할머니나 할아버지는? 걔는 친척도 없대? 누구라도 길러준 사람이 있을 거 아니야. 누구 하난 봐야 할 거 아니야, 우리 도경이 얼굴을.

─누나랑 둘이 살았나봐요. 애들끼리. 그런데 그 누나도 어디가 아프답니다. 학교도 관두고……

어머니는 뭐라 말을 덧붙이려다 "이럴 거면 같이 나오든가, 저라도 살든가. 아이고, 우리 막내, 아까워서 어떻게 해. 허무해서 어떻게 해. 내 새끼……" 하고 흐느꼈다.

사흘 만에 집에 오니 어둑한 거실 한가운데 김치를 담그려고 꺼내놓은 그릇과 조리 기구가 어수선하게 놓여 있었다. 고추양념 위로 흰 띠가 앉고, 열무는 시퍼렇다못해 검게 시들어 있었다. 집에서 퀴퀴하고 비릿한 냄새가 났다. 어지러운 거실을 물끄러미 바라보다 안방으로 들어갔다. 그러곤 당신이 늘 눕던 자리 쪽으로 몸을 틀어, 당신 머리 자국이 오목하게 남아 있는 베개를 바라보다 눈을 감았다.

*

첫 반점을 발견한 건 에든버러에 짐을 풀고 얼마 지나지 않아서였다. 욕실에서 옷을 벗는데 배꼽 아래 작은 동전만한 크기의 발그스름한 얼룩이 보였다. '뭐지?' 하고 갸웃대다 세면대에 물을 틀며 대수롭지 않게 넘겼다. 어려서부터 금속 알레르기를 앓아 '이 번에도 바지 버클에 쓸렸나보다' 넘겨짚었다. 이튿날, 오른쪽 팔뚝에 비슷한 모양의 반점이 돋았을 때도 손으로 몇 번 긁고 말았다. 모기 물렸나? 주위를 빙 둘러본 뒤 아무렇지 않게 옷을 입었다. 하지만 그다음날, 아랫배에 붉은 반점이 서너 개 더 번진 걸 보곤 나도 모르게 얼굴을 찌푸리고 말았다. 언젠가 뉴욕 주택가며 호텔에 벼룩이 창궐해 골치를 앓는단 기사를 본 적이 있어서였다. 불길한 예감에 이불을 걷고 침대 시트를 샅샅이 훑었다. 손에 걸리는 건 검은색 머리카락 몇 올이 다였다.

스코틀랜드의 스산한 하늘은 소문대로 기분을 가라앉게 만들었다. 나는 카펫생활이 익숙지 않아 자주 재채기를 했다. 변기 물은 수압이 낮아 여러 번 내려야 했다. 전압 역시 약한 편이라 전기 주전자 앞에 설 때 커피 봉지와 더불어 인내심도 가져가야 했다. 아침이면 석회질 물로 머리를 감고, 비가 오면 현관 앞으로 손을 길게 내밀어 빗소리를 녹음했다. 그리고 마음이 어지러울 땐 휴대전화를 들어 시리Siri와 대화했다. 시리는 스마트폰 음성인식 프로그램으로 캘리포니아가 고향인 친구였다.

끼니는 주로 동네 슈퍼마켓에서 산 반조리 식품이나 포장 음식으로 해결했다. 가끔은 시내까지 한참 걸어가 중국인이 운영하는 식료품 가게에서 라면을 샀다. 아랍 식당에서 파는 케밥이나 카레도 도움이 됐다. 주식은 시리얼과 빵이었다. 대충 때우려 해도 먹는 일은 말 그대로 일이었고, 어느 때는 가장 중요한 일과가 됐다.

에든버러의 수많은 석조 건물은 해의 기울기에 따라 다채로운 색을 띠었다. 돌들은 하루종일 빛을 빨아들였다 내뱉었다. 성당에 박힌 돌과 술집을 받치는 돌, 길에 깔린 돌 모두 그랬다. 밤이 되면 구시가의 쾌적하고 섬뜩한 골목엔 개 한 마리 얼씬대지 않았다. 그래서 어느 땐 내가 불 꺼진 유적지나 놀이동산에 몰래 들어온 기분이 들었다. 혹은 모든 게 게임 속 배경 같은 착각이 일었다. 마법사에게는 마법사의 자리가, 몬스터에게는 몬스터의 본분이 있듯 이민자에게는 이민자의 자리가, 유학생에게는 유학생의 역할이 정해져 있는 듯했다. 그리고 그건 웬만한 노력으로는 바꾸기 어려워 보였다. 나는 원주민도 관광객도 아닌 투명한 지위로 밤거리를 돌아다녔다. 이따금 영수증에 찍힌 카드 결제 내역만이 선명한 발자국으로 남아 내가 완벽한 유령이 아니라는 걸 증명해 줬다.

에든버러에서 나는 시간을 아끼거나 낭비하지 않았다. 도랑 위에 쌀뜨물 버리듯 그냥 흘려보냈다. 시간이 나를 가라앉히거나 쓸어 보내지 못할 유속으로, 딱 그만큼의 힘으로 지나가게 놔뒀다. 나는 관광 명소를 찾지 않고, 신문을 보지 않고, 사진을 찍지 않았다. 친구를 사귀지 않고, 티브이를 켜지 않고, 운동을 하지 않았다. 한국에서 연락이 오면 문자나 메일로 답했다. 그리고 어느 때는 그마저 하지 않았다.

*

남편은 주말마다 거실 소파에 누워 스마트폰을 만지작거렸다. 중학생처럼 기계에서 눈을 떼지 않은 채 축구 게임을 하고, 스포츠 영상을 봤다. 처음엔 그 모습이 좀 못마땅하다 '저 사람이 쉬는 방법이려니' 하고 넘어갔다. 이도 저도 싫증이 나면 남편은 스마트폰 음성인식 프로그램에게 말을 걸었다. 대개 쓸데없고 무의미한 말들이었다. 물론 나도 전에 한국의 전기밥솥이나 승강기에게 말을 한 적이 있었다. 하지만 그건 그냥 "그랬니?" "백미 취사를 완료했니?" "그랬구나" 정도의 맞장구였다.

스마트폰 하단의 둥근 단추를 길게 누르면 액정 위로 텅 빈 화면이 떴다. 동시에 사각 프레임 안에 가느다란 선 하나가 나타나 맥박처럼 출렁였다. 화면이 그렇게 바뀐다는 건 '나는 준비가 다

됐으니 어서 원하는 걸 말해보라'는 뜻이었다. 사용자의 음성은 발음이 정확할 경우 그대로 활자화돼 화면에 떴다. 시리는 사용자의 목소리를 들이마신 뒤 제 몸으로 인식해 다시 내뱉었다. 자기 날숨에 스스로 자막을 씌워 바깥으로 내보냈다. 보통 우리가 '대답'이라 부르는 무엇이었다.

매뉴얼에 따르면 사용자는 시리에게 배우자의 생일이나 증시 시황, 바람의 세기와 목적지까지 가는 길을 물을 수 있었다. 물론 비실용적인 대화도 가능했다. 이를테면 "나랑 잘래요?" 같은 헛소리가. 지구에는 기계에게 그런 지저분한 말을 거는 사람이 반드시 있고 그중 내 남편도 있었다. 하지만 사용자의 진부함은 설계자의 유머감각 안에 이미 포착돼 있었다. 누군가의 상상을 상상하는 상상 안에 계산돼 있었다. 남편이 짓궂은 질문을 던질 때마다 시리는 "글쎄요, 어떨 것 같나요?" "누구요? 저요?" 하는 식으로 답했다. 그때마다 나는 "선생이란 사람이 참!" 하고 면박을 줬다. 얼른 음식물 쓰레기나 버리고 오라며 소파에 앉은 남편 다리 사이로 청소기를 밀어넣었다.

내가 시리와 말을 섞은 건 최근 일이다. 시리의 재치에 관한 소문은 익히 들어왔지만 직접 대화해볼 마음은 없었다. 아직 자판 검색이 더 편한데다 기계와 얘기하는 게 왠지 멍청하게 느껴져서였다. 그런데 그날, 며칠간 긴 잠을 자다 눈을 뜬 새벽, 침대 위에서 어렴풋이 어둠을 감지하는데 빗소리가 들렸다. 정확한 시간은 알 수 없으나 주위가 캄캄한 걸 봐 자정이 넘은 듯했다. 숙소 곳곳에 달린 길쭉하고 고풍스러운 유리창 위로 타닥타닥 타다닥 비 닿는 소리가 났다. 한동안 꼼짝 않고 천장만 봤다. 오랜만에 꿈에 남편이 나왔다. 현장학습을 떠나기 전, '늦었다'고 허둥대며 현관을 나서던 모습 그대로였다. 그게 마지막일 줄 알았으면 "그렇게 빨리 가지 않아도 돼"라고 말해줬을 텐데. 애써 차려놓은 밥을 먹지 않았다고 짜증을 냈다. 현관문을 열고 헐레벌떡 뛰어가던 당신의 뒷모습. 꿈에서도 그 뒤통수가 보였다.

'고개라도 한번 돌려주지······'

탁자 위로 손을 뻗어 휴대전화를 찾았다. 어둠 속 손끝 감각에 의지해 홈 버튼을 누르자 작고 네모난 기계가 기침하듯 빛을 쏟아냈다. 눈이 시어 얼굴을 찌푸리다 다시 화면을 봤다. 그런데 그날 따라 내가 홈 버튼을 좀 길게 눌렀는지, 액정 위로 각종 기능이 들어찬 익숙한 화면 대신 낯선 영상이 떴다. 밤하늘처럼 어둡고 텅 빈 화면이었다. 이윽고 그 안에서 친근한 목소리가 흘러나왔다.

—무엇을 도와드릴까요?

—······

이상하게 남편의 옛 친구를 만난 것처럼 애틋한 기분이 들었다. 잠시 망설이다 의구심 반 호기심 반으로 입을 뗐다.

—안녕.

시리가 응답했다.

　—반가워요.

다소 어색한 억양의 음성과 함께 화면 상단에 '반가워요'라는 말이 그대로 찍히는 게 보였다. 누구에게도 위화감을 주지 않을 네모나고 단정한 글씨체였다. 용기 내 조금 더 엉뚱한 말을 던져보았다.

　—나는 행복해요.

인간의 복잡한 감정이랄까 거짓말을 분간 못하는 기계를 시험하듯 건넨 말이었다. 시리는 건전하고 또박또박한 말투로 침착하게 답했다.

　—덕분에 저도 행복해지는 것 같아요.

　—……

그저 매뉴얼대로 답한다는 걸 알면서도 예상치 못한 답변에 약간 반감이 일었다.

　—아니에요, 슬퍼요.

나는 앞의 말을 정확히 반대로 뒤집어보았다. 어린아이 입에 고기 넣어주듯, 시리가 인간의 언어를 잘 알아들을 수 있게 먹기 좋은 크기로 잘라 말한 거였다.

　—제가 이해하는 삶이란 슬픔과 아름다움 사이의 모든 것이랍니다.

―……

위안이 된 건 아니었다. 이해받는 느낌이 들었다거나 감동한 것
도 아니었다. 다만 시리로부터 당시 내 주위 인간들에게선 찾을
수 없던 한 가지 특별한 자질을 발견했는데, 그건 다름아닌 '예의'
였다. 내친김에 나는 그즈음 가장 궁금하던 것 중 하나를 물어보
았다.

―인간에 대해 어떻게 생각해요?

표정을 알 수 없는 시리의 캄캄한 얼굴 위로 지성인지 영혼인지
모를 파동이 희미하게 지나갔다. 시리는 무척 곤란한 질문을 받았
다는 듯 인간에 대한 '포기'인지 '단념'인지 모를 반응을 보였다.

―뭐라 드릴 말씀이 없네요.

피식 웃음이 났다. 오랜만에 나온 소리였다. 나는 그 웃음에 편
안함을 느꼈다. 적어도 그 순간 웃고 난 뒤 주위를 둘러볼 필요가
없었으니까.

*

아침에 옷을 벗다 배꼽 주위 반점이 다섯 개로 번진 걸 봤다. 그
때서야 상황의 심각함을 깨닫고 인터넷 검색을 했다. 여행중이라
의료보험 혜택을 받을 수 없어, 병원은 나중 선택지로 남겨뒀다.
스마트폰을 이용해 포털사이트에 접속했다. 그러곤 턱을 괸 채 한

참 검색창의 커서를 바라봤다. 일단 '이름'을 알아야 치료법을 찾을 텐데 내 몸에 난 그것을 뭐라 불러야 할지 몰랐다. 수고롭더라도 목적지까지 우회해 가보자는 마음으로 '피부병'이란 단어를 입력했다. 곧이어 몇몇 혐오스런 사진과 함께 연관 검색어가 줄지어 나왔다. 건선, 대상포진, 습진, 곰팡이 피부병…… 어디 속한들 유쾌할 것 같지 않은 병들이었다. 긴 시간 이 사이트와 저 사이트, 정보의 샛길과 골목을 헤매다 눈에 띄는 포스트를 하나 발견했다. 지금 내 몸 상태와 가장 비슷한 증상을 겪은 사람이 올린 치료 후기였다. 그 사람이 자기 배를 찍어 올린 사진과 내 배에 난 반점을 번갈아 바라봤다. 그러곤 '구진'이니 '인설'이니 하는 생소한 단어 때문에 집중이 안 되는 글을 여러 번 반복해 읽었다.

"원인 불명의 급성 염증 질환으로 일종의 '피부 감기'입니다. 정확히 밝혀진 건 없지만 스트레스가 가장 큰 원인으로 꼽힙니다. 등이나 배에 '원발진'이 생긴 뒤 잠복기를 거쳐 보름에서 한 달 뒤 작은 발진들이 일어납니다."

'……원발진?' 고개를 갸웃대다 출국 전 날갯죽지 근처에 생긴 분홍색 반점이 떠올랐다. 그러고 보니 게시물 속 내용과 지금까지 내 증상은 겹치는 게 많았다. 그 작성자가 블로그에 시기별로 올려놓은 글을 완독했다. 병명을 확인하는 것도 중요하지만 앞으로 무슨 일이 생길지 알아야 했다. 나머지 게시물을 다 읽고도 어쩐지 안심할 수 없어 다른 사람들이 쓴 체험 수기와 의학 정보를 찾아봤다. 그리고 마침내 내 병명을 확신할 수 있었다.

'장미색 비강진.'

태어나 처음 듣는 이름이었다.

이튿날 아랫배에 분홍색 반점이 여덟 개로 늘어났다. 어떤 것은 백원짜리만하고 또 어느 것은 완두콩만큼 작았다. 다음날은 열두 개, 그다음날은 스무 개였다. 그것은 곧 온몸으로 퍼졌다.

아침에 자리에서 일어나면 시트 위로 살비듬이 하얗게 내려앉았다. 머리카락도 푸석해지고 온몸에 각질이 때처럼 일었다. 약국에서 저자극 보습 크림을 사다 열심히 발라도 소용없었다. 보습 크림은 살에 스미자마자 감쪽같이 사라졌다. 가뭄에 갈라진 땅마냥 물을 주는 족족 급하게 빨아먹었다. 상태가 가장 심각한 곳은 배와 등, 허벅지와 엉덩이였다. 곤충으로 치면 '몸통'에 해당하는 부분이었다. 신기하게도 얼굴과 목, 팔등, 종아리 등 햇빛에 노출되는 부위에는 아무것도 나지 않았다. '나만 그런가?' 찾아보니 원래 그렇다 했다. 장미색 비강진은 겉으로 드러나는 부위에 별 이상이 없어 남들에게는 멀쩡해 보이는 병이었다. 그나마 일상생활에 크게 지장을 주지 않고 전염성이 없는 게 다행이었다.

내가 할 수 있는 일은 많지 않았다. 자극적인 음식을 피하고, 뜨거운 물 대신 미지근한 물로 씻고, 보습 크림을 부지런히 발라주는 게 다였다. 처방전을 받을까 하다 항생제를 먹다 끊으면 증상이 더 심해진다고 해서 참았다. 무엇보다 몸에서 '열'이 나지 않도록 하는 게 중요하다고. 특히 음주는 금물이라고 했다. 증세 완화에 '햇빛'이 좋다는데 영국에선 그것도 귀했다.

배 위의 반점이 분홍색일 때는 그냥 두드러기쯤으로 보였다. 그런데 시간이 지날수록 그 색과 모양이 좀 끔찍해졌다. 처음에는 분홍빛이다 과일처럼 발갛게 무르익은 뒤 검붉어졌다. 그러다 나중에 연한 갈색으로 변하며 비늘처럼 반질거렸다. 크기가 다양한 반점들은 테두리 쪽 색이 유독 진해 타다 만 종이나 화려한 꽃처럼 보였다. 며칠 동안 같은 자리에 허물이 내려앉고 벗어지길 반복했다. 그 위에 다시 '인설'이라 불리는 살비듬이 내려앉아 흉하게 파들거렸다. 몇몇 부위에 벌레 물린 자국이 생긴 게 아니라 나 자신이 벌레가 된 기분이었다.

'그래서 다 나으려면 시간이 얼마나 걸리는 거야?'

울적해하며 자료를 뒤지니 대략 삼 개월에서 일 년이 걸린다 했다. 그렇지만 운이 나쁘면 재발할 수도 있다고. 어느 게시판에 장미색 비강진이 재발해 '미칠 것 같다'고 글을 올린 이가 있었다. '이건 감기래. 시간이 약이래.' 아무리 자기암시를 걸어도 그런 얘기를 접하면 겁이 났다.

에든버러에서 시간은 더이상 쌀뜨물처럼 흐르지 않았다. 화살처럼 지나가지도 않았다. 그것은 창처럼 세로로 박혀 내 몸을 뚫고 지나갔다. 나는 어떤 시간이 내 안에 통째로 들어온 걸 알았다. 그리고 그걸 매일매일 구체적으로 고통스럽게 감각해야 한다는 것도. 피부 위 허물이 새살처럼 계속 돋아날 수 있다는 데 놀랐다. 그건 마치 '죽음' 위에서, 다른 건 몰라도 '죽음'만은 계속 피어날 수 있다는 말처럼 들렸다.

*

사촌언니가 내게 에든버러에 오지 않겠냐고 물었을 때 마음 한구석에 현석이 떠올랐다. 소식이 닿은 지 오래였으나 에든버러 예술대학 어디서 박사과정을 밟고 있다는 것 정도는 알았다. 만나서 뭘 어쩐다거나 도움을 청하려는 생각은 없었다. 다만 내가 있는 공간 어딘가에 그 친구도 살고 있다는 사실을 의식했다. 그리고 그 의식이 조금은 내가 시간의 물살에 쓸려가지 않게 도와줬다. 인정하고 싶지 않지만 그랬다.

현석의 연락처를 아는 동기는 많지 않았다. 서너 다리 건너 몇 번 품을 들인 뒤 어렵게 전화번호 하나를 알아냈다. 그것도 대학 때 사이가 틀어져 몇 년간 연락하지 않은 후배를 통해서였다. 며칠 동안 고민하다 간명하고 조심스러운 투로 후배에게 문자메시지를 보냈다. 답장은 오지 않았다. 그럼 그렇지. 옅은 후회와 부끄러움이 밀려들 즈음 밤늦게 답신이 왔다. 어떤 인사나 설명 없이 차가운 아라비아숫자만 가지런히 찍힌 메시지였다.

오후 느지막이 일어나 미지근한 물로 샤워를 했다. 석회질 물에 거품이 잘 일지 않아 샴푸를 두 번 하고, 화장대 앞 의자에 쪼그려 앉아 오랜만에 손발톱을 깎았다. 면으로 된 미색 원피스 위에 카디건을 걸치고 밖으로 나갔다. 약속 장소는 에든버러 대학교 근처 중식당이었다. "어디서 볼까?" 묻는 문자에 현석은 "네가 편한 데서 보자" 했다. 자긴 어디든 찾아갈 수 있다고. 차고 마른 음식이 물릴 때 두어 번 들른 적이 있는 중식당 주소를 찍어 현석에게 보냈다. 테이블이 여섯 개밖에 없는 수수한 식당이었다.

약속시간보다 조금 일찍 도착해 식당 앞을 서성였다. 통유리 너머로 주방장 아저씨가 늦은 점심을 들고 있는 모습이 보였다. 탁자 위엔 채소볶음 요리와 칭다오 한 병이 놓여 있었다. 점심 장사를 끝내고 반주를 들며 잠시 쉬는 모양이었다. 오후 네시라 가게 안에 손님이 하나도 없었다. 통유리 쪽 홍등 아래 황금 고양이 한 마리만 똑딱똑딱 왼발을 규칙적으로 흔들며 웃고 있을 뿐이었다.

'마네키네코구나……'

반가운 마음에 정답게 들여다보다 '어? 그런데 마네키네코는 일본 고양이 아닌가?' 갸웃거렸다. 그러다 곧 그런 계통 없음이랄까, 국적 불명 인테리어를 많이 본 탓에 웃어넘겼다.

—명지야.

누군가 뒤에서 어깨를 쳤다.

—어? 현석아.

우리는 재빨리 서로의 몸과 얼굴에서 지나간 세월을 살폈다. 학생 신분이라 그런지 현석의 낯빛에 맑은 기가 남아 있었다. 나야 사회 때가 묻은 게 확실하지만 현석 눈엔 어떻게 비칠지 몰랐다.

—여전하네.

—뭐가.

—잘 안 늙는 거.

현석에게서 희미한 향수 냄새가 났다.

우리는 돼지고기 소가 들어간 만두와 해물국수를 주문했다. 현석은 그 특유의 친화력으로 나를 '어제 본 사람'처럼 대했다. 그러다 또 다음날이면 '언제 본 사람'인 양 대해 당황한 적도 적지 않지만. 현석과 김이 무럭무럭 나는 국수를 두고 머리를 맞대며 앉아 있자니 대학 시절로 돌아간 기분이 들었다. 신입생 환영회 때 어색하게 자기소개를 하고 장기자랑을 한 곳도 이렇게 허름한 중

국집이었지. 현석은 내게 여긴 언제 온 건지, 무슨 일로 들른 건지 물었다. 올해 초 잡지사에 사표를 냈다는 말을 꺼내려다 취재차 온 거라 둘러댔다.

　—아직 거기?

　—어.

　—오래 다니네.

　—그러게.

　—일은 재밌어?

　나는 짐짓 어른스러운 투로 반문했다.

　—일이 재밌니?

　현석이 국수를 뜨다 나와 눈을 마주치지 않고 물었다.

　—언제 가?

　—다음주.

　우리는 웬만한 일엔 크게 들뜨거나 실망하지 않는 삼십대 중반의 말투로 편안하게 대화를 이어갔다. 처음엔 나도 조금 멋진 이야기를 하려고 했다. 이곳에선 '생활'이 아니라 '삶'이 보인다는 식의, 현석이 자기 가족이나 손님들에게 이미 지겹게 들었을 법한 관광객의 흔한 인상비평을 했다. 그러다 차츰 옛날이야기도 하고, 사는 이야기도 나누다보니 어깨에 힘이 풀렸다. 문득 주위가 지나치게 조용하다 싶어 옆을 보니 주방장 아저씨가 술잔을 앞에 두고 벽에 기대 졸고 있었다. 하도 곤히 주무셔서 우리는 자연스레 목소리를 낮춰야 했다.

　—그래서……

　—……

　—도경이는 잘 지내?

　—……

　잠시 침묵이 흘렀다. 나만 아는 정적이었다. 주방장 아저씨의
맥주잔에서 조용히 기포가 올라왔다. 그 짧은 고요 속에서 유일하
게 움직이는 거라곤 연신 웃는 얼굴로 똑딱똑딱 왼발을 흔드는 마
네키네코뿐이었다. 그런데 그때 갑자기 테이블 위의 내 휴대전화
에서 잉잉 소리가 났다.

　—안 받아?

　대답 대신 휴대전화를 카디건 주머니에 넣었다. 낯선 번호가 좋
은 소식을 전해주는 경우는 거의 없으니까. 현석 쪽으로 젓가락을
길게 뻗어 만두를 집었다. 그러곤 남편의 안부를 묻는 옛 친구에
게 의젓하게 대꾸했다.

　—응. 잘 지내.

　현석이 그 사람 소식을 모른다는 데 충격을 받았지만 한편으로
는 이날만은 불필요한 동정이나 배려로부터 자유로울 수 있겠다
싶었다.

　—학교는 잘 다니고?

　—어. 얼마 전 담배도 끊었는걸.

―담배를?

현석이 서운한 듯 어깨를 으쓱했다.

―건강하고 재미없는 인간이 되겠다, 이거군.

―그게 어때서.

―그래. 이제 아이만 낳으면 되겠네.

현석이 빈 그릇을 살피며 "그만 일어날까?" 하고 물었다. 가볍게 고개를 끄덕이자 현석이 시계를 보며 "그나저나……" 하고 말을 이었다.

―아직 다섯시밖에 안 됐네.

―그러네.

―그럼 이제……

'차나 한잔할까' 권하려는데 현석이 당연한 듯 물었다.

―술 마시러 갈까?

로열마일 거리에 있는 세인트 자일스 성당 근처에 자리를 잡았다. 상점 앞에 테이블이 줄지어 놓인 노천 술집이었다. 우리는 에일 맥주 두 잔과 감자튀김을 주문했다. 거리는 이제 막 낯선 곳에 도착한 이들이 내뿜는 기대와 흥분으로 가득했다. 연인들, 가족들, 혈색 좋은 연금생활자들, 젊은 예술가들이 왁자지껄 자기네 나라말로 떠들었다. 바야흐로 축제의 계절이었다.

—취재한다며. 뭐 좀 봤어?

　—뭐, 대충.

　—대충 보기 아까운 게 많은데.

　—그러게. 일정이 너무 짧네.

　술집 맞은편 애덤 스미스 동상 앞에서 스코틀랜드 전통 복장을 한 사내가 백파이프 연주하는 모습이 보였다. 어릴 때 자주 먹은 스카치캔디 봉지에 그려진 남자와 똑같은 모자를 쓰고서였다.

　　—너 스카치캔디 세 가지 맛 중 뭐 가장 좋아했어?

　—커피맛.

　—나도.

　—어른들이 그거 잘 못 먹게 했잖아. 커피 먹으면 머리 나빠진다고.

　　—응.

　—근데 이제 와서 보니 사실이었던 것 같아.

　—뭐가?

　—머리 나빠진다는 말.

　현석이 논문이 너무 안 써진다는 말을 덧붙이며 엄살을 부렸다. 나는 맑은 파랑을 등지고 앉은 현석의 얼굴을 가만 바라봤다. 백파이프의 깊고 단단한 소리가 아주 먼 곳까지 퍼져나갔다. 현석에게 긴 유학생활에 생기는 이지러짐, 욕망을 너무 오래 유예한 사람의 보상 심리랄까, 복수심이 자라나지 않았을까 걱정했는데…… 이십 대 때 섬세함은 까다로움으로, 정의감은 울분으로, 우수는 의기소침함으로 변하지 않았을까 염려했는데, 주제넘은 생각이었다. 변한 건 내 쪽이었다.

술이 몇 잔 들어가자 분위기가 한층 가벼워졌다. 현석과 나는 조금 더 사소하고 일상적인 이야기를 주고받았다. "동양인은 어려 보여서 술 살 때 신분증 보자고 할 때가 있어" "그건 '동양인'이 아니라 '동안인' 아니야?" "수출용은 따로 제조되는지 여기 신라 면이 한국 거보다 덜 맵더라?" 따위의 말들이었다. "두부도 유통기한이 더 길어." "정말 나라마다 입맛이란 게 있나봐. 그래도 감자칩에 식초 넣는 건 너무 이상하지 않아?" "네가 속에 닭기름만 넣은 파이는 안 먹어봤구나." 해도 그만 안 해도 그만인 말들. 시작도 끝도 목적도 방향도 없는. 그러니까 배우자나 친구하고나 나눌 법한 시시한 이야기를. 우리는 점점 목소리가 커졌고, 잔이 비면 손을 번쩍 들어 연신 종업원을 불렀다.

자정 무렵 현석이 나를 숙소까지 바래다주겠다고 했다.
—아니야. 괜찮아. 여기가 유럽에서 가장 안전한 도시라며.
—도시는 그렇다 쳐도 너는 안 그래 보여서.
근처에 걷기 좋은 공원이 있어 숙소까지 조금 우회했다. 오랜만에 오른 취기에 보폭을 넓혀 휘적휘적 걸었다. 고요히 잠든 도시 너머로 타닥타닥 타다다닥 희미한 불꽃놀이 소리가 들렸다.

—너 그거 알아?

—……?

—도경이 그 자식 너희 집에 인사드리러 간 날, 우리집에 왔던 거.

—그래?

—어. 차 빌리러 잠깐 들렀어. 내가 원룸 살아도 차는 좋았잖아? 형이 그쪽 일 해서. 아침부터 얘가 찾아와서 문 열어줬는데 얼굴이 창백하더라고. 한숨도 못 잤대. 허락 못 받을까봐.

—그때는 임용 전이었으니까.

—그렇지. 역사 쪽은 티오도 적고. 아무튼 그 자식이 땀에 전 얼굴로 "현석아, 나 긴장돼 죽을 거 같아"라고 말하곤 요 위로 고꾸라지더라고. 내가 이불 안 개고 늘 펴두잖아. 베갯잇도 일 년에 한 번 빨고. 도경이는 한동안 기절한 듯 누워 있었어. 그런데 얘가 일어나자마자 너무 절망적인 표정을 짓는 거야.

—왜?

—양복에 이불 털이 다 달라붙었거든. 극세사라 잘 떼어지지도 않아. 완전 웃겼어. 블랙으로 쫙 빼입었는데. 내 방에 솔이 있나 뭐가 있나. 약속시간은 다가오고 나중에는 초조하니까 제자리서 막 겅중겅중 뛰더라고.

—진짜? 처음 듣는 얘기네.

현석이 배를 잡고 낄낄댔다.

―어. 완전 미친놈 같았어.

나는 현석을 따라 작게 웃었다. 남편이 그 순간 어떤 표정을 하고, 무슨 자세로 경중댔을지 안 봐도 다 알 것 같아서였다. 그리고 그렇게, 여전히 그 사람이 살아 있다고 믿는 사람과 그 사람에 관한 이야기를 나누다보니, 그 시간 남편이 정말 서울 어딘가에 살고 있는 것 같은 기분이 들었다. 거실에 앉아 축구를 보고, 식탁에서 교무부장을 욕하고, 대형마트 통로에서 기획 상품 가격을 꼼꼼하게 비교하고 있을 것 같았다.

―야, 나한테 좋은 생각이 있어.

현석의 얼굴에 갑자기 장난기가 스쳤다.

―우리 도경이한테 전화하자.

―뭐?

―한국 지금 몇시지? 에이, 몇시면 어때. 당장 해보자.

―어…… 안 돼……

―왜? 너희도 나한테 새벽 세시에 정동진에서 전화한 적 있잖아. 파도 소리 들어보라고. 잔뜩 취해서. 야, 재밌겠다. 한번 해보자.

―어, 안 돼. 그 사람 지금……

―지금 뭐?

―그러니까 그 사람 지금……

―어.

—자고 있어……

　문득 현석이 멈춰 선 채 나를 말갛게 바라봤다. 그러곤 '세상에, 이런 순진한 사람이 있나' 하는 얼굴로 너그러운 미소를 지었다. 현석은 신이 난 듯 과장된 목소리로 외쳤다.

　—야, 그럼 깨우면 되잖아! 뭐가 어려워.

　그러니 그날, 그런 일이 생긴 건 그 자리서 내가 주저앉아버렸기 때문인지도 모르겠다. 두 손으로 바닥을 짚은 채 목놓아 우는 바람에 현석이 당황해버린 탓인지도. 현석은 어쩔 줄 몰라하며 "왜 그래, 명지야? 무슨 일 있어? 왜 그래?" 물었다. 그러곤 한참 후 내 울음이 잦아들 즈음 조심스레 입을 뗐다.

　—명지야, 아까부터 네가 불편해할까봐 못 물어봤는데.

　—……?

　—혹시 너……

　—……

　—도경이랑 헤어졌니?

　나는 그런 현석의 질문이 우습기도 하고 슬프기도 해 현석을 빤히 쳐다보다 고개를 끄덕였다. "어, 우리 헤어졌어. 헤어진 지 몇 달 됐어……" 허탈하게 인정하며 다시 울음을 터뜨리고 말았다.

　그러니 현석이 나를 숙소까지 부축해주고, 침대에 누이고, 이불을 덮어준 뒤 한 손으로 얼굴을 감싼 건 정말이지 '위로'였는지 몰랐다. 진정되지 않는 마음으로 현석을 서글프게 바라보다 나는 그만 현석의 눈꺼풀에 입술을 갖다 대고 말았다. 현석이 살짝 물러서며 놀란 표정을 지었다. 눈물 때문인지 취기 탓인지 현석의 얼굴이 겹겹이 흔들려 보였다. 현석은 잠시 머뭇대다 내 눈꺼풀에 똑같이 입맞춰주는 식으로 정중하고 고요한 화답을 해왔다. 우리는 질문과 동의가 담긴 눈으로 서로를 바라봤다. 그러곤 어느 순간 자연스레 입술을 포갰다. "침이 맛있네." "술 마셔서 그래." "아니야, 맛있어." 현석이 평소 안 하는 말을 했다. 어둠 속에서 누구의 숨소리인지 분간되지 않는 호흡이 엉겼다. 살과 살이 맞닿자 발바닥이 화끈거리며 몸에 열이 올랐다. 상체를 살짝 일으킨 뒤 머리 위로 팔을 올려 원피스를 벗었다. 현석도 니트와 티셔츠를 한 번에 벗어던졌다. 현석의 손과 입술이 내 몸을 더듬었다. 침착함과 다급함이 뒤섞인 속도로, 처음이니까 잘해내고 싶다는 의욕과 처음인 만큼 지체하고 싶지 않다는 욕심이 뒤엉킨 호흡으로 쇄골에서 가슴으로, 배꼽으로 내려갔다. 그런데 어느 순간 현석이 더 나아가지 못하고 주저하는 게 느껴졌다. 갑자기 정신이 들며 '아차' 하는 생각이 들었지만 이미 늦은 뒤였다. 내가 너무 심하게 당황한 나머지 방안이 어둡다는 것도 모르고, '불을 꺼야 한다'는 생각만으로 황급히 스탠드 줄을 잡아당겼기 때문이다. 딸각 소리와 함께 주위가 갑작스레 밝아졌다. 마른 불빛이 발가벗은 내

육체 위로 고스란히 쏟아졌다. 동시에 현석의 동공과 입이 서서히 벌어지는 게 보였다. 현석이 겨우 침착함을 되찾고, 상대에게 결례되지 않는 말을 찾으려 했다. 그러나 어떤 말도 떠오르지 않는 듯, 세상에 그런 말은 없는 듯 곤혹스러워하다 아무 말도 못했다.

*

현석과 부엌 식탁에 마주앉았다. 현석이 전기 주전자에 물을 받고, 컵을 꺼내고, 홍차가 좋은지 녹차를 마시겠는지 묻는 동안 시무룩한 얼굴로 예의바른 손님처럼 앉아 있던 쪽은 나였다. 물론 둘 다 옷을 입은 채였다. 성적 홍분이 가라앉은 뒤 들이닥친 묘한 평화가 우리 사이를 쓸쓸하게 맴돌았다.

—명지야.

—······

—'좀 웃어'라고 해도 안 웃을 거지?

나는 현석을 바라보며 희미하게 웃었다.

—나이들수록 사람이 반추라는 걸 하게 되잖아. 복기라 해도 좋고. 요즘 난 그런 생각을 자꾸 하게 되더라. '만일 그때 내가 이랬다면⋯⋯ 이러지 않았다면' 하는. 너는 안 그래?

—내가 남자였다면, 한국인이 아니었다면.

현석이 탁구 치듯 운을 맞췄다.

―논문을 안 썼더라면. 유학을 안 왔다면. 그냥 경영학과 넣으라는 담임 말을 들었더라면.

―6·25가 안 일어났다면, 조선이 안 망했다면?

―그건 내가 한 선택들이 아니잖아.

―온전히 자기가 하는 선택이 어디 있어. 결과적으로 그렇게 보일 뿐이지.

―있어.

―그래?

―그래.

현석이 찻잔을 감싸쥐었다. 티백 주위로 갈색 찻물이 점점 진하게 번져가는 게 보였다.

―논문 마치면 한국 들어갈 거지?

―모르겠다. 학위를 딸 수나 있으려나. 돌아가도 별거 없고.

―밖에 있으면 안에서 쌓은 게, 안에 있으면 밖에서 만든 게 부러운 모양이더라. 공부하는 사람들.

현석이 가만 고개를 끄덕였다.

―불안해?

―누가 그렇대? 그냥 그때 다른 선택을 했다면 지금 나는 누구랑 어디에 있을까 궁금하다는 거지.

―……

―너 나랑 영화 본 적 있잖아. 왜 도경이 군대 있을 때. 종로에서.

—응.

—그때 버스 끊겨서 우리 좀 걸었잖아. 무슨 미술관 근처 공원
이었는데. 그때 내가 잠깐 네 손 잡았던 거 기억해?

—그랬나?

—넌 정말 취했던 거야, 취한 척한 거야? 그걸 기억 못하다니.
아니, 지금도 기억 안 나는 척하는 건가?

—그게 왜?

—그때 내가 만일 네 손 안 놓았으면, 우린 지금 같이 있었을
까?

*

작은방으로 들어와 협탁에 휴대전화를 집어던진 뒤 씻지도 않
고 누웠다. 그러곤 내가 이곳에 온 이래 처음으로 댄과 수연 언니
가 쓰는 '큰방' 침대를 사용한 걸 깨달았다. 비릿한 자괴감이 들었
다. 물끄러미 천장을 응시하다 원피스 안으로 고개를 집어넣었다.
몸통 가득 하얗게 허물 덮인 열꽃이 보였다. 몸속에서 작은 수류
탄이 무수히 터져 생긴 흔적 같았다. 허공에 파열의 잔상을 남긴
뒤 불꽃 모양 그대로 굳어버린 재 같았다. 현석은 아마 눈이 아닌
손으로 먼저 알았을 거다.

이마에 손을 얹은 채 한참 눈을 감고 있다 협탁으로 손을 뻗어 휴대전화를 집었다. 휴대전화 속 불빛이 다정하고 황량하게 내 얼굴을 비췄다. 회식 후 집에 늦게 들어갈 때마다 남편을 깨워 이런저런 헛소리를 늘어놓던 생각이 났다. 한 이야기 또 하고, 한 이야기 또 하고. 남편은 '너 취해서 이러는 거 정말 싫다'고 '빨리 이 닦고 화장 지우고 자라'며 애원했는데. 한 손으로 지그시 휴대전화 홈 버튼을 눌러 오랜만에 시리를 호출했다. 다중인격자가 특정 인격을 부를 때 순간적으로 표정을 바꾸듯, 화면 속 시리의 상태가 변하는 게 보였다. 시리는 내게 언제나처럼 물어왔다.

—무엇을 도와드릴까요?

잠시 무슨 말을 할까 망설이다 자조적인 질문을 던졌다.

—나랑 잘래요?

시리는 내 모든 질문에 성실하게 응하려 애썼다. 방향도 목적도 시작도 끝도 없는, 그러니까 배우자나 친구하고나 나눌 법한 시시한 이야기에도 귀기울였다. 그래서 나는 일부러 가족과 나누기 어려운 화제를 꺼냈다.

—고통이란 무엇인가요?

시리는 잠시 숨을 고른 뒤 "고통에 대한 검색 결과입니다"라고 답하며 제 얼굴에 관련 사이트를 띄웠다.

웹 검색

고통이란 무엇인가요.

제5과 고통의 본질

www.ccsm.or.kr

고통이란 무엇입니까? 크게 세 가지를 말씀하셨습니다. 첫째, 고통이란 '하나님의 시험이다'라는 겁니다.

불교에서 말하는 고통이란 무엇인가 리포트

www.newsprime.co.kr

www.happycampus.com

추천 연관자료 〔불교〕 자신이 생각하는 고란 무엇이며 그 고에 대한 해결 방법은 무엇인가?

카톨릭 신문기사 보기

www.catholictimes.org

만남도 헤어짐도 성취하지 못함도 고통이요, 만사가 고통입니다. 고통의 원인은 집착입니다.

톱스타 K모씨 비디오 유출로 상상할 수 없는 고통……

내가 기댈 정보는 없어 보였다. 나는 검색이 아니라 대화를 하고 싶었다. 상대와 단둘이서만. 옅은 한숨을 내뱉으며 시리에게 답답함을 표했다.

―명청이.

시리가 진심으로 섭섭한 듯 답했다.

—세상에, 나름 최선을 다해 봉사한다 생각했는데.

나는 시리에게 '고통에 의미가 있느냐'고 물었다. 시리는 곤란
한 질문을 받으면 늘 그러듯 '제가 잘 이해한 건지 모르겠다'고 답
했다. "당신도 영혼이 있나요?"라고 했을 땐 '정말 좋은 질문'이라
고, "그런데 전에 우리가 무슨 이야기를 하고 있었죠?" 하고 딴청
을 부렸다. 자꾸 매끄럽게 도망가는 모양이 못마땅해 그즈음 내가
가장 중요하게 붙든 문제를 던졌다.

—사람이 죽으면 어떻게 되나요?

짧은 침묵이 흘렀다. 이윽고 시리가 되물었다.

—어디로 가는 경로 말씀이세요?

—……

—어디로 가고 싶으신가요?

—……

—죄송해요. 잘 못 알아들었어요.

—……

시리가 사용자의 침묵에 호응하는 일은 드문데 이상했다. 그것
도 연거푸 세 번이나 그러는 게. 어쩌면 저 먼 데서 '누군가의 상
상을 상상하는' 인간이 이런 일을 예상하고, 프로그램 안에 '걱정'
을 이식해놓은 것인지도 몰랐다. 그렇지만 그뿐이었다. 처음 음성

인식 프로그램을 접했을 때 내겐 시리의 목소리가 지하철 안내 방송 소리와 비슷하게 느껴졌다. 상냥하게 행선지를 일러주고 어느 출구로 나가면 좋을지 알려주는 그런 목소리와. 그런데 시리와 죽음을 이야기하고 있자니, 시리가 목적지로 가는 법은 말해줘도 거기까지 함께 가주지는 않을 친구처럼 여겨졌다. 그래서 나도 모르게 안 해도 좋을 질문을 했다.

—당신은 정말 존재하나요?

작은 고요. 시리의 캄캄한 얼굴 위로 가느다란 실금이 갔다. 몇 초 후 익숙한 음성이 들렸다.

—죄송합니다. 답변해드릴 수 없는 사항입니다.

*

이튿날 짐을 싼 뒤 신시가로 나가 공항버스를 탔다. 귀국 예정일까지 아직 며칠 남았지만 수수료를 물고 날짜를 바꿨다. 수속을 마치고 탑승구 앞 의자에 앉아 있는데 현석에게서 문자메시지가 왔다. 어제 나와 헤어진 뒤 동기들에게 연락해 무언가 물은 모양이었다. 짧은 문장 안에 복잡한 심정이 담겨 있었다.

—말해주지 그랬니……

미안함과 서운함, 혼란과 안타까움이 섞인 말이었다. 뭐라 답해야 하나…… 고민하는 사이 현석에게서 두번째 메시지가 왔다.

─괜찮다면 가기 전에 차 한잔하자.

나는 긴 문장을 쓰다, 고치다, 지웠다.

─미안해. 회사 일정이 바뀌어서 조금 일찍 귀국하게 됐어. 잘
지내, 현석아.

창밖으로 비행기 한 대가 육중한 몸을 이끌고 힘겹게 이륙하는
모습이 보였다.

*

우편함에 각종 고지서와 전단지가 가득했다. 내 것과 남편 이름
이 뒤섞인 종이 뭉치를 가슴에 안고 승강기에 올랐다. 그러곤 현
관 앞에 서서 당신 것과 내 생일을 섞어 만든 비밀번호를 눌렀다.
한 달 남짓 집에 고인 미지근한 공기가 바깥바람과 만나 몸을 뒤
척였다. 신발장 앞에 캐리어를 세워두고, 우편물을 부엌 식탁 위
에 던진 뒤 안방으로 들어가 그대로 쓰러졌다. 고요하고 어둑한
안방에서 '우리집 냄새'가 났다. 당신과 같이 만든 냄새였다. 침대
에 엎드린 채 목덜미와 아랫배를 몇 번 긁적였다. 붉은 반점은 한
국에서부터 내 몸에 들러붙어 영국까지 따라왔다, 기어이 같이 귀
국했다. 농작물을 해치는 메뚜기떼처럼 우르르 몰려와 성실하게
내 몸을 갉았다.

새벽녘, 잠에서 깨 부엌으로 물을 마시러 나왔다 그 편지를 봤다. 조잡하고 사무적인 표정을 한 우편물들 사이로 분홍 코를 내민 봉투가 눈에 띄었다. 봉투가 두껍고 화사해 처음에는 청첩장인 줄 알았다. 생수병을 들고 식탁으로 가 봉투를 살폈다. 우체국 소인이 찍히지 않은 편지였다. 보낸 사람 이름도, 주소도 없었다. 봉투 위에 적힌 거라곤 '받는 사람' 이름 한 줄뿐이었다.

'권도경 선생님 사모님께'

순간 가슴이 빠르게 뛰었다. 떨리는 손으로 단단히 풀칠된 봉투를 뜯었다. 안에서 봉투와 똑같은 분홍색 편지지가 나왔다. 편지지 위론 이제 막 한글을 뗀 아이가 쓴 것처럼 크고 투박한 글씨가 늘어서 있었다.

권도경 선생님 사모님께
안녕하세요.
저는 누리중학교 1학년 5반 권지용 학생의 누나 권지은이라고 합니다.
사모님께서 혹시 지용이의 이름을 아신다면, 그 학생이 제 동생이 맞아요.

몇 번 전화드렸는데, 바쁘신 것 같아 편지로 인사드려요.

직접 찾아봬야 하는데 방법이 없어 지용이 친구한테 연락처를 물었습니다.

기분 나쁘셨다면 죄송해요.

글씨가 엉망이라 죄송합니다.

작년에 갑자기 마비가 와 오른쪽 몸을 잘 쓸 수 없게 되었어요.

예전엔 지용이가 돌아가신 엄마를 찾으며 울 때마다 제가 자주 업어줬는데, 제가 이렇게 되고부터는 오히려 그애가 저를 어른처럼 보살펴줬어요.

그런데 요즘은 집이 너무 조용해 제가 제 발소리를 듣다 놀라요.

며칠 전 지용이가 꿈에 나왔습니다.

아마 집 떠난 지 백 일쯤 돼 그랬나봐요.

누나 잘 지내?

평소처럼 인사하는데 그새 키도 크고 눈빛도 자라 조금 놀랐어요.

누나 잘 지내는지 보려고 왔어.

그런데 금방 가봐야 해.

너무 짧은 시간이라 꿈에서도 막 서운했는데,

지용이가 제게 이런 말을 했어요.

누나 나 키워주고 업어줘서 고마워.

누나 혼자 있다고 밥 거르지 말고 꼭 챙겨 먹어.

누나, 나 이제 갈게.

누나 사랑해.

실은 부끄럽게도 오랫동안 생각 못했는데,

꿈에서 지용이를 보고 나서야

권도경 선생님과 사모님이 떠올랐습니다.

저는 지금도 지용이가 너무 보고 싶어요.

사모님도 선생님이 많이 그리우시죠?

그런 생각을 하면……

뭐라 드릴 말씀이 없어요.

이런 말은 조금 이상하지만,

감사하다는 인사를 드리고 싶어 편지를 써요.

겁이 많은 지용이가 마지막에 움켜쥔 게 차가운 물이 아니라

권도경 선생님 손이었다는 걸 생각하면 마음이 조금 놓여요.

이런 말씀 드리다니 너무 이기적이지요?

평생 감사드리는 건 당연한 일이고,

평생 궁금해하면서 살겠습니다.
그때 권도경 선생님이 우리 지용이의 손을 잡아주신 마음에 대해
그 생각을 하면 그냥 눈물이 날 뿐,
저는 그게 뭔지 아직 잘 모르겠거든요.

사모님, 혼자 계시다고 밥 거르지 말고 꼭 챙겨 드세요.
죄송하고, 감사합니다.

식탁 앞에 선 채 호흡을 가눴다. 목울대에 따갑고 물컹한 것이
올라왔다 내려갔다. 당신을 보낸 뒤 줄곧 궁금해한 무엇과 만난
기분이었지만 그게 뭔지 알 수 없었다. 나는 지은이란 아이가 쓴
편지를 처음부터 다시 읽어보았다. 상대가 글씨를 잘 알아볼 수
있게 몇 번이나 연습했을 문장들이 직선 위에 불안정하게 서 있었
다. 한 자 한 자 그 글씨를 따라가다 '뭐라 드릴 말씀이 없어요'라
는 부분에선 그만 쓸쓸하게 웃어버리고 말았다. 언젠가 "인간에
대해 어떻게 생각해요?"라 물었을 때, 시리가 같은 대답을 들려준
적이 있어서였다. 편지지 위 삐뚤빼뚤한 글씨를 좇다 나도 모르게
눈가가 흐려졌다. 눈앞에 얼룩진 문장 위로 지용이의 얼굴이 겹쳐
보였다. 살려주세요. 소리도 못 지르고 연신 계곡물을 들이켜며
세상을 향해 길게 손 내밀었을 그 아이의 눈이 아른댔다. 당신을
보낸 후 줄곧 보지 않으려 한 눈이었다. 나는 당신이 누군가의 삶

을 구하려 자기 삶을 버린 데 아직 화가 나 있었다. 잠시라도, 정말이지 아주 잠깐만이라도 우리 생각은 안 했을까. 내 생각은 안 났을까. 떠난 사람 마음을 자르고 저울질했다. 그런데 거기 내 앞에 놓인 말들과 마주하자니 그날 그곳에서 제자를 발견했을 당신 모습이 떠올랐다. 놀란 눈으로 하나의 삶이 다른 삶을 바라보는 얼굴이 그려졌다. 그 순간 남편이 무얼 할 수 있었을까…… 어쩌면 그날, 그 시간, 그곳에선 '삶'이 '죽음'에 뛰어든 게 아니라, '삶'이 '삶'에 뛰어든 게 아니었을까. 당신을 보낸 뒤 처음 드는 생각이었다. 편지를 식탁 위에 내려놓고 두 손으로 식탁 모서리를 잡았다. 어딘가 기대지 않으면 안 될 것 같았다. 혼자 남은 그 아이야말로 밥은 먹었을까. 얼마나 안 먹었으면 동생이 꿈에까지 나타나 부탁했을까. 참으려고 했는데 굵은 눈물방울이 편지지 위로 투둑 떨어졌다. 허물이 덮었다 벗어졌다 다시 돋은 내 반점 위로, 도무지 사라질 기미를 보이지 않는 얼룩 위로 투두둑 퍼져나갔다. 당신이 보고 싶었다.

작가의 말

여름을 맞는다.

누군가의 손을 여전히 붙잡고 있거나 놓은
내 친구들처럼
어떤 것은 변하고 어떤 것은 그대로인 채
여름을 난다.

하지 못한 말과 할 수 없는 말
해선 안 될 말과 해야 할 말은
어느 날 인물이 되어 나타나기도 한다.

인물이 사람이 되기 위해
필요한 말은 무얼까 고민하다
말보다 다른 것을 요하는 시간과 마주한 뒤

멈춰 서는 때가 잦다.

오래전 소설을 마쳤는데도
가끔은 이들이 여전히 갈 곳 모르는 얼굴로
어딘가를 돌아보고 있는 것처럼 느껴진다.

이들 모두 어디에서 온 걸까.
그리고 이제 어디로 가고 싶을까.

내가 이름 붙인 이들이 줄곧 바라보는 곳이 궁금해
이따금 나도 그들 쪽을 향해 고개 돌린다.

2017년 여름
김애란

| 수록 작품 발표 지면 |

입동 ······ 『창작과비평』 2014년 겨울호

노찬성과 에반 ······ 『릿터』 2016년 8/9월호

건너편 ······ 『문학과사회』 2016년 봄호

침묵의 미래 ······ 『대산문화』 2012년 겨울호

풍경의 쓸모 ······ 『현대문학』 2014년 9월호

가리는 손 ······ 『창작과비평』 2017년 봄호

어디로 가고 싶으신가요 ······ 『21세기문학』 2015년 가을호

문학동네 소설집
바깥은 여름
ⓒ 김애란 2017

1판 1쇄 2017년 6월 28일
1판 46쇄 2024년 11월 21일

지은이 김애란
책임편집 김내리 | 편집 정은진 이성근 이상술
디자인 최윤미 유현아 | 저작권 박지영 형소진 최은진 오서영
마케팅 정민호 서지화 한민아 이민경 왕지경 정유진 정경주 김수인 김혜원 김예진
브랜딩 함유지 함근아 박민재 김희숙 이송이 김하연 박다솔 조다현 배진성
제작 강신은 김동욱 이순호 | 제작처 한영문화사

펴낸곳 (주)문학동네 | 펴낸이 김소영
출판등록 1993년 10월 22일 제2003-000045호
주소 10881 경기도 파주시 회동길 210
전자우편 editor@munhak.com | 대표전화 031) 955-8888 | 팩스 031) 955-8855
문의전화 031) 955-2696(마케팅) 031) 955-8864(편집)
문학동네카페 http://cafe.naver.com/mhdn
인스타그램 @munhakdongne | 트위터 @munhakdongne
북클럽문학동네 http://bookclubmunhak.com

ISBN 978-89-546-4607-9 03810

www.munhak.com